本项目由上海市社会科学界联合会资助出版

上海市社会科学普及读物系列

红色的故事 (1921-1949)

李朝军 著

上海人民出版社

序 红色的故事，让我们永远铭记

姜义华

从上海，经由南昌、井冈山、瑞金、遵义、西安、延安、西柏坡，直至北京，这一座座英雄的城市、一座座英雄的峰峦、一片片英雄的乡村，在中国共产党领导下，见证了伟大革命一步步走向胜利，留下了无数可歌可泣的红色的故事。

在上海，我们重温中国共产党诞生，以及在中国共产党的帮助下，国民党进行改组，迎来大革命高潮，推翻北洋军阀统治的故事；

在南昌，我们重温中国共产党所领导的人民军队在白色恐怖中创建，开始以武装的革命反对武装的反革命的故事；

在井冈山、瑞金，我们重温中国共产党人深入农村，建立农村革命根据地，开辟了以农村包围城市的独特革命道路的故事；

在遵义，我们重温中国共产党和党所领导的工农红军经过

胜利与失败的反复比较,终于选择并确立了毛泽东在党和军队中领导地位的故事;

在西安,我们重温在中国共产党的领导和推动下,终于结成抗日民族统一战线,动员全国人民共同奋起抗击日本侵略者的故事;

在延安,我们重温在马克思主义与中国革命实际相结合的毛泽东思想指导下,中国共产党建设走向成熟,领导抗日战争取得辉煌胜利的故事;

在西柏坡,我们重温中国革命取得推翻帝国主义、封建主义和官僚资本主义反动统治的解放战争的全面胜利,如何谋划新中国经济、政治、社会、文化建设的故事;

在北京,我们重温五星红旗在天安门城楼前高高升起,饱受苦难与屈辱的中国人民终于站起来,中华民族走向伟大复兴的故事。

这是红色的故事,因为这是以镰刀斧头为红旗的中国共产党从无到有,从小到大,从挫折到成功的故事,是无数共产党人抛头颅,洒热血,用生命铸成的故事;

这是红色的故事,因为这是中国工农红军以及由此发展而成的八路军、新四军、中国人民解放军为民族解放、国家振兴而浴血奋战的故事，是无数热血儿女同国内外敌人进行殊死搏斗的故事；

这是红色的故事，因为这是历史悠久的中华文明，是生生不息的中国人民的民族精神，在熊熊烈火中经受千锤百炼，得到新生与升华的故事；

红色的旗帜，红色的鲜血，红色的烈火，在世界的东方铸就了坚如磐石的红色中国。

这些故事的发生地，就在我们身边。这些故事的主人公，很多就是我们的亲友，甚或父母、祖父母。因此，这些故事与我们特别贴近，也特别容易得到我们的认同，激发我们的热情。

重温红色的故事，缅怀红色先辈，继承红色传统，不是为了回归过去，而是为了更好前行。在同红色历史、红色故事的对话中，我们可以不断获得新的智慧。

红色的故事，将激励我们的意志更加坚定，精神更加昂扬；

红色的故事，将鼓舞我们前仆后继，一往无前；

红色的故事，将让我们永远铭记。

目录

第一章　新的革命火种——中国共产党诞生

中国是一个历史悠久的文明古国、东方大国。中华民族素以勤劳和智慧闻名于世,中华儿女曾经创造了世界领先的古代文明,对人类的进步和发展作出过重大贡献。但是,当历史步入近代时,中国却落伍了。当西方一些国家先后爆发资产阶级革命,并相继完成工业革命,在新的生产方式推动下迅速强大起来的时候,清王朝统治者对世界大势却茫然不知,仍然自诩为"天朝上国"。到19世纪三四十年代,清王朝由盛而衰的颓势愈加明显,陷入危机四伏的境地。

虎门销烟

被英法联军抢劫、烧毁的圆明园残迹

落后就要挨打。鸦片战争中,英国侵略者凭借船坚炮利强行打开了中国的大门。鸦片战争后,中国一步一步沦为半殖民地半封建社会。然而,优秀的中华儿女不甘屈辱、发愤图强的斗争从来都没有停止过。但不论是洪秀全领导的农民起义,还是康有为支持的维新运动,都没能解救中国于水深火热之中。伟大的革命先行者孙中山领导的辛亥革命也没有完成国家独立富强的历史使命。依靠旧民主主义革命挽救中国已经陷入绝境。优秀的中华儿女仍然一往无前地在探索国家独立和民族振兴,终于找到了新的道路,伟大的中国共产党就是在这样的情形下诞生的。

中国共产党的诞生,犹如沉沉黑夜中的一个火种在中国大地上点燃起来。自从有了中国共产党,中国革命的面目就焕然一新。

一、 《新青年》编辑部与第一个党的早期组织

　　上海是中国共产党的诞生地和中国工人运动的大本营,从中国共产党成立到 20 世纪 30 年代初,中央领导机关就长期设在上海。党领导中国人民在上海用鲜血与生命谱写了许多可歌可泣的历史篇章。

　　1919 年爆发的五四运动,极大地推动了马克思主义在中国的广泛传播,形成了大批具有初步共产主义觉悟的知识分

五四运动中被捕学生获释,返校后受到热烈欢迎

《北大钟声》(油画,作者:沈加蔚)

子。在同工人群众相结合的过程中,知识分子逐步认识到,要从根本上改造中国,必须走俄国十月革命的道路,必须建立一个布尔什维克的共产党。

最早酝酿在中国建立共产党的是陈独秀和李大钊。通过对马克思主义的学习和传播,通过对俄国十月革命经验的学习,通过

《国民》杂志刊登的《共产党宣言》译文(1919 年 11 月)

列宁宣布苏维埃政权成立(油画,作者:[苏]弗·谢罗夫)

中国工人运动的实践，他们逐步认识到，要用马克思主义改造中国，走十月革命道路，就必须像俄国那样，建立一个无产阶级政党，使其充当革命的组织者和领导者。

北京的共产党早期组织是在李大钊的直接指导和筹划下成立的。1920年3月，北京大学成立了马克思学说研究会。它既是中国最早学习和研究马克思主义的团体，也为建党做了重要准备。李大钊护送陈独秀离北京赴天津途中（陈经天津乘船前往上海），与陈独秀相商，一致认为需要加快建党的进程，并同时在北方和南方从事建党的筹备工作。后来

共产主义先驱李大钊

所说的"南陈北李，相约建党"，形象地说明了他们在建党过程中所起的倡导、推动和组织的作用。

1919年，身为北京大学教授的陈独秀在反对北洋军阀的斗争中不幸被捕，在全国众多知名人士的力保下才得以释放。1920年2月，为躲避反动军阀政府的迫害，陈独秀从北京秘密经天津辗转来到了上海，并把《新青年》编辑部又从北京搬回了上

海。在护送陈独秀离京途中,李大钊和他商讨了在中国建立共产党组织的问题。

　　早在五年前的 1915 年,刚刚从日本流亡归来的陈独秀就在上海创办了《青年》杂志。在创刊号上,陈独秀用饱蘸革命热情

《新青年》杂志

的笔调写出了著名的《敬告青年》,鼓励青年们冲破旧思想,宣传民主与科学,他对青年提出六点要求:"自由的而非奴隶的、进步的而非保守的、进取的而非退隐的、世界的而非锁国的、实利的而非虚文的、科学的而非想象的。"这篇文章不仅使陈独秀名声大噪,也使《新青年》(从第二卷起改为此名)声名远扬,销售量猛增至一万五千多册。《新青年》编辑部搬回上海后,搬进了位于法租界内的环龙路老渔阳里 2 号(今南昌路 100 弄 2 号)的石库门。上下两层的石库门地方不大,陈独秀集生活和办公于一体,楼上作为卧室,楼下办公。

　　陈独秀准备大干一场。他在 1920 年 9 月出版的《新青年》

八卷第一号发表的《谈政治》一文,不但表达了其本人以社会主义改造中国的主张,同时也是中国共产党早期组织的政治方针的公开宣布。在这篇文章中,陈独秀一方面批评了当时不同政治或反对从事政治运动的几种倾向,号召:"只有被压迫的生产的劳动阶级自己造成新的强力,自己站在国家地位,利用政治、法律等机关,把那压迫的资产阶级完全征服,然后才可望将财产私有、工银等制度废去,将过于不平等的经济状况除去。"另一方面,陈独秀明确提出:"由封建而共和,由共和而社会主义,这是社会进化一定的轨道,中国也难以独异的;现在虽说是共和失败了,封建制度恢复了势力,但是世界潮流所趋,这封建主义得势,也不过是一时现象;我以为即在最近的将来,不但封建主义要让共和,就是共和也要让社会主义……"

李大钊、鲁迅、钱玄同、刘半农、胡适、沈尹默、高一涵、周作人等人都参与过编辑工作。《新青年》编辑部搬回上海后,担任编辑工作的有陈望道、沈雁冰、李汉俊等人。他们经常在这里研究马克思主义思想和俄国的革命实践,每天撰写稿件,编辑版面,联系各方面同志。有时候忙到深夜,他们就干脆在编辑部里和衣而睡。

通过《新青年》在社会上的流传,马克思主义和无产阶级革命理论得到了广泛的传播。在中国共产党成立之前,《新青年》刊登的关于马克思主义、十月革命和中国工人运动的文章达到130余篇。就是这个不大的天地,却孕育了最早的马克思主义思想。共产主义信念以它巨大无比的力量,在短短的时间内冲出了狭小的空间,在全国范围内掀起了声势浩大的革命,改变了中国历史的进程。

共产主义思想的迅速传播,在青年学生中产生了巨大的影响,许多青年深深地被共产主义的理想所感染,产生了强烈的变革社会的愿望。1920年8月,在陈独秀、李达、李汉俊、陈望道、俞秀松等人的筹划下,在中国工业和工人运动中心的上海,建立了中国共产党的第一个早期组织,并成为创建全国统一的无产阶级政党的活动中心。从1920年秋天到1921年上半年,北京、武汉、长沙、济南、广州等地陆续成立了党的早期组织(这些组织的名称不一,有的叫"共产党",有的叫"共产党支部"或"共产党小组",都是组成统一的中国共产党的地方组织)。在日本和法国的中国留学生和侨民中也建立了这样的小组。

上海党的早期组织起草《中国共产党宣言》,阐明中国共产主义者关于创立共产主义新社会的理想,提出消灭私有制,实行生产资料公有,废除旧的国家机器,消灭阶级的主张。《宣言》还提出,无产阶级要创立新社会,就要团结起来,开展阶级斗争,"用强力打倒资本家的国家",铲除资本主义制度;就要"组织一个革命的无产阶级政党——共产党",领导无产阶级夺取政权,建立无产阶级专政,并"用革命的办法造出许多共产主义的建设法"。《宣言》第一次比较系统地表达了中国共产主义者的理想和主张。

上海党的早期组织成立后,为了加强对外的社会主义宣传,决定把《新青年》逐渐转变为机关报,因而从第九卷第一期起开始改变内容,即比较明白地和肯定地提出改造中国的政治方面,并特辟一个"俄罗斯研究"专栏,登载当时可能得到的材料,使一般倾向社会主义的知识分子有可能去了解苏俄的真实情形,以此加强他们对于社会主义的信心。随后又创办了半公开的刊物《共产党》和通俗刊物《劳动界》,领导成立了机器工会和印刷工会。北京党的早期组织出版了《劳动者》、《工人周刊》,在长辛店开办劳动补习学校。同时,为了把无产阶级理论传输给工人,他们在上海西面的小沙渡工厂区办了一所"工人半日学校"。在李汉俊的主持下,通过举办娱乐活动来启蒙和教育工人,与"茧手朋友"打成一片。

各地党的早期组织的工作,进一步促进了马克思主义和中国工人运动的结合,为中国共产党的成立奠定了坚实的基础。

二、中国共产党第一次全国代表大会

从 1920 年下半年起,在全国许多大中城市,如上海、北京、长沙、武汉、广州、济南等地,相继建立起了党的早期组织。马克思主义和俄国十月革命理论不断在全国范围内传播,被越来越多的人所接受。各地党的早期组织建立后,积极开展工作,推动了马列主义与中国工人运动的结合,这样,正式成立中国共产党的条件已经成熟。

在共产国际的帮助下,建立全国统一的党组织的步伐大大加快了。1921 年 6 月初,共产国际代表马林和共产国际远东书记处代表尼克尔斯基先后到达上海,并与上海的共产党早期组织成员李达、李汉俊建立了联系。经过几次商谈,他们一致认为应该尽快召开全国代表大会,正式成立中国共产党。李达、李汉俊同当时在广州的陈独秀、在北京的李大钊通过书信商议,决定中国共产党第一次全国代表大会在上海召开。随即上海通知各地党的早期组织,派代表到上海召开中国共产党第一次全国代表大会,每个党的早期组织派两名代表。到 7 月下旬,除旅法小组因路途遥远未能派代表外,其他各地代表陆续抵达上海。由于当时革命活动处于秘密状态，所以，参加会议的外地代表统一安排居住在以北京大学暑假旅行团的名义临时租借的私立博文女校内。

中共一大时的毛泽东

参加一大的各地代表有：上海小组的李达、李汉俊，武汉小组的董必武、陈潭秋，长沙小组的毛泽东、何叔衡，济南小组的王尽美、邓恩铭，北京小组的张国焘、刘仁静，广州小组的陈公博，旅日小组的周佛海。参加会议的还有武汉小组的包惠僧（他是在广州与陈独秀商谈工作期间，受陈个人委派参加会议的）。他们代表着全国 50 多名党员。当时，对党的创立作出了重要贡献的李大钊、陈独秀因分别在北京和广州，工作脱不开身，没有出席大会。共产国际派马林（荷兰人）和赤色职工国际代表尼克尔斯基（俄国人）出席了会议。

1921 年 7 月 23 日晚上 8 时，中国共产党第一次全国代表大会在上海法租界望志路 106 号（今兴业路 76 号）正式召开。

这栋石库门房子建于 1920 年,在一大召开之前,这里是新时代丛书社的编辑部,因此在这里开会比较安全。

中共一大会址外景　　　　　　　中共一大会址内景

党的第一次全国代表大会,前后共开了 7 次会议。共产国际代表马林和尼克尔斯基出席了第一天的会议(马林后来又出席了第六次会议)。他们代表共产国际对会议的召开表示热烈祝贺,马林还介绍了共产国际的情况。接着拟定了会议日程。在 24 日的会议上,各地代表汇报了工作,并交流了经验。25 日至 26 日,大会休会,由党纲起草委员会起草党的纲领和今后工作计划。27 日至 29 日,大会继续进行,连续三天详细讨论了党的纲领和工作计划。各地代表在党的性质、纲领和组织原则等主要问题上取得了基本一致的意见。

30日晚,举行第六次会议时,突然有一陌生男子闯进了会场,鬼鬼祟祟地向会场内张望。这引起了李汉俊的警惕,当询问他时,他答称走错了地方,这引起了大家的怀疑。具有秘密工作经验的马林感到此人来者不善:"一定是'包打听',我建议会议立即停止。"会议被迫中断,除了李汉俊和陈公博外,其余人立即携带文件分别散去。

果然不出所料,十几分钟后,法国巡捕赶来,包围了会场,不由分说就开始大搜查,气氛十分紧张。好在代表们带走了重要的会议记录,法国巡警并没有查到政党活动的证据。

法国巡警突然袭击却劳而无获,无奈之下开始问讯李汉俊。李汉俊面对危难处变不惊,以熟练的法语从容应对。

"你们在开什么会?"法国巡警严厉地问。

"我们没开会,只是请了北京大学的几位教授和学生商议编辑《新时代丛书》的事情。"李汉俊不慌不忙地答道。

法国巡警接着问道:"那两位外国人是什么人? 来这里干什么?"

李汉俊回答说:"他们是英国人,北京大学的外籍教师,暑假来上海,大家一起探讨学问。"

"你收集这些社会主义书籍是干什么用的?"法国巡警又问。

"我在商务印书馆兼任编辑,这些书是用来作参考用的。"李汉俊依然从容应对。

法国巡警见李汉俊回答得镇定自若,没有任何破绽,只能无功而返。虽然法国巡警走了,但是他们却布置暗探,对会场及其周边进行严密的监视。

大会进程被这突然的搜查打断了,各地的代表散开后都不敢回博文女校,各自找旅馆分头住下。当晚 12 时左右,一些代表聚集到陈独秀的家里(《新青年》编辑部),代表们商量改换会议地点,在李达夫人(她是浙江嘉兴人)的提议下,决定到嘉兴南湖去开完最后一次会议。南湖是个著名的风景区,有人雇船游览是很正常的事情,在船上开会不易引起人们注意,不会受到外界干扰。

7 月 31 日,代表们来到南湖,在一艘游船上举行了第七次会议。会议通过了《中国共产党党纲》、《关于当前实际工作的决议》,选举了党的领导机构。至此,党的第一次全国代表大会胜利闭幕。

举行中共一大最后一次会议的"红船"

党的一大通过的党纲主要内容有:确定党的名称是中国共产党;党的性质是无产阶级政党;党的奋斗目标是以无产阶级革命军队推翻资产阶级的政权,消灭资本家私有制,由劳动阶级重建国家,承认无产阶级专政,直到阶级斗争结束,即直到消灭社会的阶级区分;党的基本任务是从事工人运动的各项活动,加强对工会和工人运动的研究与领导;党的组织方面的规定为,在全党建立统一的组织和严格的纪律,地方组织必须接受中央的监督和指导等。

一大通过的《关于当前实际工作的决议》,确定党成立后的中心任务是组织工会和教育工人，领导工人运动，对党领导工人运动的任务、方针、政策和方法都提出了规定或要求。

一大选举的党的领导机构为中央局。陈独秀虽然没出席大会，但由于他当时在宣传社会主义方面的影响和威望，以及他作为党的主要创始人之一所作的贡献，大会选举他担任中央局书记。中央局的另两位领导人是李达和张国焘，他们分管组织和宣传工作。

中国共产党第一次代表大会的胜利召开，宣告了中国共产党的诞生，这是中国历史上开天辟地的大事件。尽管中国共产党还只是一个很小的政党，但已拥有马克思主义这个最先进的思想武器，一个新的革命火种已在沉沉黑夜的中国大地上点燃起来了。

自从有了中国共产党，中国革命的面目就焕然一新。

三、 投身大革命洪流

中国共产党的成立，适应了近代以来社会进步和革命发展的客观要求，是开天辟地的大事件。作为中国最先进的阶级——工人阶级的政党，中国共产党不仅代表着工人阶级的利益，而且代表着整个中华民族的利益。中国共产党从一开始就拥有马克思主义这个最先进的思想武器，因而能够为中国革命指明前进的方向。正是这个党，给灾难深重的中国人民带来光明和希望,为争取民族独立和人民解放,实现国家的繁荣富强和人民的共同富裕,开始了艰苦卓绝的斗争历程。

但是,中国共产党是在幅员广大、人口众多、情况复杂、经济文化落后的半殖民地半封建的旧中国开展活动的,从何处着手进行革命,如何把马克思主义的基本原理同中国革命的具体实践正确地结合起来,搞清楚民主革命与社会主义革命的区别和联系,制定出符合国情的民主革命纲领,需要有一个探索的过程。

中国共产党成立后急需解决的一个重要问题,就是如何尽快健全中央的组织机构和加强对各地党组织的领导。被党的一大选为中央局书记的陈独秀,根据中央的意见,辞去了在国民党广东政府内担任的职务,于1921年9月返回上海,随即主持召开了中央局扩大会议。会议着重讨论了党、团组织发展以及工人运动和宣传工作等问题。

此时,上海法租界巡捕房已经掌握了陈独秀的一些政治活动情况,10月4日,法租界巡捕房以《新青年》"宣传赤化"为借口,逮捕了陈独秀。经过多方营救,陈独秀于10月26日被保释出狱。他出狱后继续致力于党的工作,多次与马林、李达、张国焘等人商议,拟定进一步开展工作的计划。11月,陈独秀以中央局书记的名义签署并向全国各地党组织发出《中国共产党中央局通告》。这是中央领导机构成立后下发的第一份文件。

中国共产党成立后，注意在斗争实践中运用马克思主义的观点，观察和分析中国面临的实际问题。共产党逐渐认识到，中国人民所受的最大压迫，还不是一般的资本主义剥削，而是帝国主义的压迫和封建军阀的统治。1922年1月，中国共产党派代表出席共产国际在莫斯科召开的远东各国共产党及民族革命团体第一次代表大会。这次大会根据列宁关于民族和殖民地问题的理论，指明中国"当前的第一件事便是把中国从外国的羁勒下解放出来，把督军推倒"，建立一个民主主义共和国。这对于党制定当时的革命纲领给予了直接的帮助。

1922年7月16日至23日，中国共产党第二次全国代表大会在上海举行。出席大会的代表12人，代表全国195名党员。大会通过了党的第一个章程。大会通过对中国经济政治状况的分析，揭示出中国社会的半殖民地半封建性质，指出党的最高纲领是实现社会主义、共产主义，但在现阶段的纲领即最低纲领是：打倒军阀；推翻国际帝国主义的压迫；统一中国为真正的民主共和国。这样，二大就在全国人民面前第一次提出明确的反帝反封建的民主革命纲领。

中国共产党成立后，建立了中国劳动组合书记部，集中力量从事工人运动。在党的领导下,以 1922 年 1 月香港海员罢工为起点,掀起中国工人运动的第一个高潮。在持续 13 个月的时间里,全国发生大小罢工 100 余次,参加人数在 30 万以上。其中,安源路矿工人大罢工、开滦煤矿工人大罢工最具代表性,充分显示出组织起来的工人阶级的力量。

安源路矿工人欢庆罢工胜利

　　1923 年 2 月 4 日爆发的京汉铁路 3 万名工人大罢工,使第一次工人运动高潮达到顶点。2 月 7 日,在帝国主义势力的支持下,军阀吴佩孚调动军警,在京汉铁路沿线血腥镇压罢工工人。京汉铁路总工会江岸分会委员长、共产党员林祥谦和京汉铁路总工会与湖北省工团联合会法律顾问、共产党员施洋等先后被杀害。二七惨案发生后，全国工人运动暂时转入低潮。

这个时期党领导的工人斗争，提供了重要的经验教训，党认识到这时的各种革命力量，远不如统治着中国的帝国主义和封建势力强大。因此，决定采取积极步骤去联合孙中山领导的中国国民党，结成最广泛的统一战线。

1924年至1927年，一场以推翻帝国主义在华势力和北洋军阀为目标的革命运动，似滚滚洪流席卷中国大地，人们通常把它称为"大革命"或"国民革命"。

五卅运动中的上海

在这种情况下，中国共产党于 1923 年 6 月 12 日至 20 日在广州召开第三次全国代表大会。出席大会的代表 30 多人，代表党员 420 人。大会正确地估计了孙中山和国民党的革命立场，决定共产党员以个人身份加入国民党，实现国共合作。三大还明确规定，在共产党员加入国民党时，党必须在政治上、思想上、组织上保持自己的独立性。

1924 年 1 月 20 日至 30 日，国民党第一次全国代表大会由孙中山主持在广州举行。出席开幕式的代表 165 人中，有共产党员 20 多人。李大钊被孙中山指定为大会主席团成员。国民党一大在事实上确立了"联俄、联共、扶助农工"的三大革命政

黄埔陆军军官学校旧址

策。大会选出国民党中央执行委员会。共产党员李大钊、谭平山、毛泽东、林伯渠、瞿秋白等 10 人当选为中央执行委员会委员或候补委员，约占总数的四分之一。

国共合作之后，随着革命形势迅猛发展，1926 年，广州国民政府决定出兵北伐，打击帝国主义支持的北洋军阀，主要有吴佩孚、孙传芳、张作霖三派势力。1926 年 5 月，国民革命军先头部队出兵湖南。7 月 9 日，正式出师北伐。在沿途人民群众的大力支持下，北伐军势如破竹。到 9 月 6 日、7 日，两湖战场的北伐军分别占领汉阳和汉口。10 月 10 日，攻克已被围困月余的武昌，全歼吴佩孚部主力。江西战场的北伐军也于 11 月初歼灭孙传芳部主力，占领九江、南昌。福建方面，12 月中旬不战而下福州。北方冯玉祥部于 9 月 17 日在绥远五原誓师，挥军南下。到 1926 年底，国民革命军已控制了除江苏、浙江、安徽以外的南部各省。冯玉祥的国民军联军也已控制西北地区，准备东出潼关，响应北伐军。北伐战争胜利的大局已定。

北伐战争能够在短时间内取得如此巨大的胜利，是国共合作结出的丰硕成果。然而，北伐战争的胜利进军和工农运动的高涨，未能遏制革命阵营内部的危机，蒋介石的反共面目暴露出来。1927 年 4 月 12 日,蒋介石突然在上海向革命群众举起屠刀,发动反革命政变。随后,在江苏、浙江、安徽、福建、广东、广西等省也相继以"清党"为名,大规模捕杀共产党员和革命群众。仅广东一地,被捕杀者就达 2 000 多人。北方的奉系军阀张作

反革命大屠杀

孙中山的遗嘱

霖也捕杀大批共产党员和革命群众。4 月 28 日,李大钊在北京英勇就义。

7 月 15 日,汪精卫召开国民党中央常务委员会扩大会议,正式同共产党决裂。第一次国共合作终于全面破裂,持续三年多的轰轰烈烈的大革命最后失败了。

第二章　枪杆子里出政权——武装斗争

中国共产党参与领导的大革命在中国革命的历史上写下了光辉的篇章。但是，中国共产党还是一个幼年的党，来不及也不可能从容地做好各种准备，便匆忙地投身大革命洪流，使党在大革命的危急时刻完全处于被动地位，轰轰烈烈的大革命失败了。国内政治局势急剧逆转，原来生机勃勃的中国南部一片腥风血雨。这时的党遇到了前所未有的困难。据不完全统计，从1927年3月到1928年上半年，被杀害的共产党员和革命群众达31万多人，其中共产党员2.6万多人。在极其险恶的局势下，党内思想异常混乱，一些同志和不坚定分子离开党的队伍，党员数量急剧减少到1万多人。与此同时，工农运动走向低沉，相当多的中间人士同共产党拉开了距离。事实表明，中国革命已进入低潮。

中国革命何去何从？中国革命道路应如何走？在严峻的形势下，中国共产党人迫切需要解决一系列问题。在严峻的生死考验面前,在革命前途仿佛已变得十分黯淡的时刻,中国共产党和中国人民并没有被吓倒,被征服,被杀绝。正如毛泽东所言:"他们从地下爬起来,揩干净身上的血迹,掩埋好同伴的尸首,又继续战斗了。"

一、 打响反抗国民党反动派的第一枪

中国共产党成立后,立即投身轰轰烈烈的大革命洪流,为北伐战争的胜利进军作出重要的贡献。然而,随着北伐战争的胜利进军和工农运动的高涨,革命阵营内部的危机也日益加大。

蒋介石进一步加紧对军队和政权的控制,实力迅速膨胀。帝国主义列强认定蒋介石等所代表的势力同样是反共的力量,开始对他们进行拉拢。不少原来属于北洋军阀或地方军阀的军队纷纷接受蒋介石的改编,一批批政客、官僚也投靠到蒋介石身边。在这种背景下,蒋介石的反共面目暴露出来。在他的指使下,赣州、九江、安庆等地都发生杀害共产党人和捣毁总工会、国民党左派控制的党部等严重事件。南方革命阵营分裂的明朗化,表明蒋介石右派集团的公开叛变只是时间问题了。

中共中央和中共上海区委对蒋介石的阴谋活动有所觉察,力图捍卫革命成果。但共产国际仍对蒋介石抱有期望,不赞成同蒋破裂。于是,由陈独秀出面,同刚从海外归国的汪精卫于4月5日发表联合宣言,把"国民党领袖将驱逐共产党,将压迫工会与工人纠察队"说成是"谣言",要求"不听信任何谣言"。汪、陈宣言的发表,使一部分共产党员放松警惕,误以为局势已经缓和下来。

1927年4月12日,蒋介石突然发动反革命政变,在上海、江苏、浙江、安徽、广东等省大肆捕杀共产党员与革命群众。随后,7月15日,汪精卫也公开叛变革命,第一次国共合作终于全面破裂。

在革命遭受严重失败的极为严峻的形势下,要不要坚持革命?如何坚持革命?这是摆在中国共产党面前的两个根本性的问题。党以武装起义的实际行动,对此作出了初步而又明确的回答。

共产国际决定对中共中央于7月12日进行改组,停止了中央委员会总书记陈独秀右倾机会主义的领导。下旬,中国共产党决定集合自己掌握和影响的部分国民革命军,并联合以张发奎为总指挥的第2方面军南下广东,会合当地革命力量,实行土地革命,恢复革命根据地,然后举行新的北伐。

然而,李立三、邓中夏、谭平山、恽代英、聂荣臻、叶挺等在九江具体组织这一行动,发现张发奎同汪精卫勾结很紧,并在第2方面军中开始迫害共产党人。于是,随即向中共中央建议,依靠自己掌握和影响的部队,"实行在南昌暴动"。据此,中共中央指定周恩来、李立三、恽代英、彭湃等组成中共中央前敌委员会,以周恩来为书记,前往南昌领导这次起义。从7月25日起,第11军、第20军分别在叶挺、贺龙指挥下,陆续由九江、涂家埠(今永修)等地向南昌集中。27日,周恩来等到达南昌,组成前敌委员会,领导加紧进行起义的准备工作。

起义前夕,敌我双方的兵力形势是:我方共2万余人,而南昌市内及近郊的敌人总计只有1万多人,我方占绝对优势。但在吉安、东乡、进贤和九江一带,却驻扎着敌人第5方面军总指挥朱培德的主力,对南昌呈包围之势。针对这种错综复杂的军事形势,起义总指挥部的部署是以迅雷不及掩耳之势,速战速决,一夜拿下南昌!

7月31日下午2时,叶挺在心远中学召集全师营以上军官会议。叶挺首先在会上传达了党的决定,指出:"宁汉合流已成定局,国民革命遭到了严重的危机。中央决定实行武装起义来挽救目前的危局,粉碎反革命的阴谋。这次行动的任务,就是占领南昌城,彻底消灭南昌城内外的反革命军队。"接着,师参谋长徐光英作战斗计划报告,他说:"我们和第 20 军一起行动,胜利是有绝对把握的。但是敌人有增援部队,快的一两天就可到达。因此,要求在一个晚上全部结束战斗。这次起义的口令是'山河统一'。"

下午 4 时,贺龙在军部召集团以上军官传达了起义决定。

军官们到齐后,贺龙把手中扇着的大蒲扇扔在一边,收起了笑容,站起身严肃地说:"眼下的形势明明白白地摆着,国民党叛变革命,已经死了,靠死了的国民党是没有希望了。今天的革命只有靠共产党来领导,只有共产党才是穷人的党。我们就是要靠共产党,重新树立起旗帜,反对反动的政府,打倒蒋介石,打倒汪精卫。"

军官们都十分激动地瞪大眼睛,静静地望着他们熟悉的军长。"听军长的!我们都听军长的!"军官们纷纷响应。

贺龙脸上流露出满意的微笑,他接着说:"既然大家愿意跟我贺龙一道革命,那就不单单是听我的,我们今后都要听共产党的领导……"

1927 年 8 月 1 日凌晨 2 时,这是一个历史性的时刻。在南昌城各个角落,起义官兵们颈系红领带,臂缠毛巾,提着贴有红十字的马灯，悄无声息地接近了敌营。官兵们浑身的热血已经沸腾，等待已久的时刻旋风般地来临了，伟大的南昌起义爆发了。

经过 4 个多小时的激烈战斗，起义军全部解决了南昌市内和近郊的敌人，取得了起义的胜利。

南昌起义旧址

8 月 1 日早晨，艳阳高照。起义官兵和各界群众兴高采烈，欢欣鼓舞，齐聚总指挥部门前，进行了一次非正式的集会。周恩来庄严宣布："现在，我们起义成功了，从此，这里的军队归共产党领导了！"从此，中国共产党有了自己的革命武装。

南昌起义，是中国共产党直接领导的具有全局意义的一次武装暴动。它打响了武装反抗国民党反动派的第一枪，宣告了中国共产党将中国革命进行到底的坚定立场，标志着中国共产

1933年7月11日,中华苏维埃共和国临时中央政府决定将8月1日定为中国工农红军成立纪念日

党独立地创造革命军队和领导革命战争的开始。

1933年7月11日,中华苏维埃共和国临时中央政府根据中央革命军事委员会6月30日的建议,决定8月1日为中国工农红军成立纪念日。从此,8月1日成为中国工农红军和后来的中国人民解放军的建军节。

二、八七会议与秋收起义

大革命失败后,国内革命形势和阶级关系发生了新的变化,中国革命处在一个十分紧要的关头。为了审查和纠正党在

大革命后期的严重错误，决定新的路线和政策，中共中央于 1927 年 8 月 7 日，在汉口俄租界三教街 41 号秘密召开紧急会议（现鄱阳街 139 号），这便是八七会议。这座苏联驻国民政府农运顾问洛卓莫夫夫妇的住宅，前临僻静街道，后门通小巷，屋顶凉台与邻居凉台相连，发生情况便于撤离。

八七会议会址

　　由于当时白色恐怖异常严重，交通不便，时间紧迫，所以参加这次会议的只有当时在武汉的党中央委员瞿秋白、李维汉、张太雷、邓中夏、任弼时、苏兆征、顾顺章、罗亦农、陈乔年、蔡和森，候补中央委员毛泽东、李震瀛、陆沉，中央监察委员杨匏安、王荷波，共青团中央代表李子芬、杨善南、陆定一，湖南代表彭公达，湖北代表郑超麟，中央军委代表王一飞，中央秘书处负责人邓小平等人，此外还有共产国际代表罗明纳兹等。因出席的

瞿秋白

中央委员不到半数,既不是中央全会,也不是中央政治局会议,故称为中央紧急会议。

代表们分 3 天由交通员分批带到会场,虽然炎夏的武汉是有名的"火炉",天气十分闷热,但为了保密,代表们进入会场就不能出去,甚至连门也不能开。吃的是面包、罐头,睡的是地铺。会议在极其秘密的情况下紧张地开了一天,会议强调党今后的任务是"要以我们的军队来发展土地革命"。

会议确定了土地革命和武装反抗国民党反动派统治的总方针,并把发动农民举行秋收起义作为当时党的最主要任务。八七会议拨正了中国革命的航向。

八七会议是在中国革命的危急关头召开的,会议正式确定了实行土地革命和武装起义的方针,并把领导农民进行秋收起义作为当前党的最主要任务,从而使全党没有在白色恐怖面前惊慌失措,指明了今后革命斗争的正确方向,为挽救党和革命作出了巨大贡献。中国革命从此开始由大革命失败到土地革命战争兴起的历史性转变。

参加秋收起义的部分人员 1937 年在延安合影

八七会议决定以革命的武装暴动反击反革命势力,计划在秋收以后的湘、鄂、赣、粤四省边界发动农民总暴动。当时革命的目标仍然是以城市为中心——先夺取小城镇,最后进攻湖南省会长沙。

八七会议后,中共中央派毛泽东改组中共湖南省委和发动湘、赣边界的秋收起义。

8月18日,毛泽东召开了改组后中共湖南省委第一次会议,讨论了秋收起义和土地革命等问题。8月30日,中共湖南省委召开会议,制订了暴动的具体计划,成立了以毛泽东为书记的中共前敌委员会,负责领导秋收起义,组建工农革命军第1军第1师,下辖3个团,兵分三路向长沙进军。

9月6日,毛泽东急忙赶往江西省铜鼓县指挥起义,他在崎岖泥泞的山路上走了3天,快到浏阳县张家坊一带时,遇到了正在搜捕共产党的国民党民团。毛泽东不幸被抓住,并被押送民团总部,在离民团总部只有200米的地方,毛泽东机智地抓住了一个机会才逃了出来。敌人发现并追了过来,当时躲在薅草中

领导秋收起义时的毛泽东

的毛泽东几次距离敌人都只有几米。但很幸运,敌人最终没有发现身边的他。等到夜幕降临之后,毛泽东才脱离了危险,但在躲避中不慎扭伤了脚,行走艰难。幸好遇上了好心的农民,给了他休息的地方,并带他走到下一乡。

9月9日,工农革命军第1团胜利地占领了平江县龙门厂。10日,第2团在安源起义,在接连胜利的形势下,团长王新亚麻痹轻敌,未及时撤出浏阳,起义军严重失利,人、枪大部损失。毛泽东亲自指挥第3团战斗,相继歼灭反动武装1部。14日,

起义军遭到敌人两个团的围攻，被迫撤退。敌人不仅人数越来越多，而且装备精良，火力猛烈，而新成立的农民军缺乏战斗经验，手中的新式武器也少得可怜，大多数人手中还是大刀长矛。在这种情况下，许多不顾生死、英勇战斗的年轻壮士牺牲在国民党的炮火下，为革命献出了自己的生命。

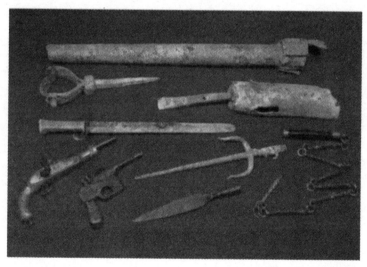

各地武装起义时用过的武器

面对一连串的失败，毛泽东非常痛惜，彻夜难眠，深感到情况的严重性，并极力思索下一步该怎么办，思考如何保存革命武装和如何把革命继续坚持下去的现实问题。毛泽东清楚地意识到，当前的革命实力还不足以同国民党进行军事对抗，起义军队很多都是当地的矿工新组建起来的,缺乏训练,与凶狠敌人的军事对抗无异于以卵击石。一个小小的县城都不能攻克,更别说夺取长沙了。首先应该集聚力量,以待时机。

1927年9月19日,剩下1000余人的起义部队,退到了湖南省浏阳县的文家市。虽然暂时远离了枪炮的轰鸣,但战士们的心情都很沉重,想想几天前尚在一起并肩作战的老乡、战友,很多人死在敌人的枪口下,活下来的许多人也是身受重伤,虚弱不堪。战士们禁不住在心底发问:"革命的出路到底在哪里?"

头脑清醒的毛泽东当机立断,召开了第3团干部会议,决定停止进攻,放弃攻打长沙的计划,向罗霄山脉中段的井冈山进军。

据参加会议的何长工回忆,毛泽东当时指着地图上的罗霄山说:"我们要到这个眉毛画得最浓的地方去当山大王。"当时就有人不理解毛泽东的想法,觉得革命革到山上做山大王了,这叫什么革命。面对大家的不同意见,毛泽东解释说:"我们这个山大王是特殊的山大王,是共产党领导的有主义、有政策、有办法的山大王,是代表人民利益的工农武装。中国政治不统一,经济发展不平衡,矛盾很多,我们要找敌人统治最薄弱的地方。"

经过整整一夜的争论,会议才最后举手表决,大多数人赞同了毛泽东提出的放弃攻打长沙,向井冈山进军的提议。

艰苦转战 1 个多月,行程 4 000 多里,毛泽东终于带领军队将红旗插上了井冈山,从此开始了井冈山革命根据地的创建工作,走出了一条全新的革命之路。

三、 枪杆子里出政权

在八七会议上,毛泽东提出了两个非常重要的问题:军事斗争问题和农民问题。关于军事斗争问题,他批评党过去"不做军事运动,专做民众运动"的偏向,提出"以后要非常注意军事,须知政权是由枪杆子中取得的"。这个著名论断是从大革命失败的血的教训中取得的,它指出了中国革命的特点,实际上提出了以军事斗争作为党的工作重心的问题。在八七会议之后,毛泽东对这个言论也作出了多次强调,这个著名论断成为了中国共产党武装夺取政权的指导思想。

1927 年 8 月 7 日,中共中央在湖北汉口召开紧急会议,对大革命失败的原因进行总结。与会的不少人对陈独秀、共产国际代表、苏联顾问在处理国民党、农民土地、武装斗争等问题上表现出的右倾倾向提出了尖锐的批评。毛泽东在发言中指出,党中央所犯的一个错误是没有认识到军队的极端重要性。他强调全党"要非常注意军事，须知政权是由枪杆子中取得的"。这是由中国国情特点决定的，即中国内部没有民主，只能以革命武装斗争为主要形式。无产阶级只有掌握自己的武装力量，才能以革命的武装反对反革命的武装，夺取全国政权。毛泽东的这个意见切中要害，指明了大革命失败的经验教训，也为中国革命指明了正确的方向。这段话后来成为党创建、领导和掌握人民武装并进行斗争的行动口号。

"枪杆子里面出政权"论断的产生，有深刻的历史背景，是中国共产党在国民党背叛革命后复兴革命的战略选择。

近代中国积贫积弱，国势衰败不堪，其根本原因是帝国主义和封建主义的统治，因此，要改变国家命运，就必须进行反帝反封建的革命，推翻它们对中国的统治。1924 年至 1927 年的第一次国共合作就建立在这个基础上。它在全国强有力地传播了反帝反封建的革命思想，掀起了前所未有的大革命高潮，从根本上动摇了北洋军阀的统治，开创了中国民主革命的大好局面。但 1927 年，蒋介石、汪精卫相继背叛革命，破坏了国共合作，埋葬了这个蓬勃兴起的革命。

国民党在背叛革命之后，对外投靠帝国主义，对其委曲求全、妥协退让,使孙中山废除不平等条约、争取国家独立的主张成为空谈;对内维持封建制度,剥夺了人民在大革命时期获得的好处,地主、豪强、士绅恢复了他们原有的统治地位,人民群众处在受压迫、受剥削的悲惨状况之中。

当时,国民党还疯狂屠杀共产党员和革命群众。在"四一二"政变中,上海有300多人被杀、500多人被捕、5 000多人失踪。广州国民党当局在发动"四一五"政变的当天,就捉捕了共产党员和革命群众2 000多人,封闭工会等团体200多个。江苏、浙江、安徽、福建、广西等省也以"清党"之名,大肆屠杀共产党员和革命群众。北方的奉系军阀与之遥相呼应,在北京捕杀李大钊和其他19名革命者。如此丧心病狂的屠杀政策,把中国置于极端的白色恐怖之中,人民失去了起码的人身安全和自由,共产党没有了和平进行救国救民政治活动的空间。

面对国民党的背叛和疯狂屠杀,面对两党合作和中国革命遭到破坏的局面,矢志革命的中国共产党只能在白色恐怖中进行武装革命。1927年8月7日,在著名的八七会议上,毛泽东提出了"枪杆子里面出政权"的论断。这个论断,阐述了如何复兴革命的关键问题,从此成为中国共产党动员人民进行革命的理论武器。它是对大革命失败的经验教训的总结,是在当时历史条件下中国共产党继续革命的唯一选择,是被国民党用枪杆子逼出来的。

枪杆子里面出政权,就近代历史上的革命而言,武装斗争,即运用枪杆子夺取政权,是一个普遍现象:英国资产阶级革命,是武装革命;法国大革命、美国独立战争(资产阶级革命),都是经过武装斗争成功的;俄国无产阶级领导的十月革命,也是武装革命胜利的结晶。中国的辛亥革命、北伐战争都是武装的革命。中国革命的伟大先行者孙中山一生奋斗,其目的是推翻清朝政府和北洋军阀的统治,即夺取政权。因此,在一定意义上可以说,枪杆子是取得政权的一种主要方式,是革命取得成功的支柱。孙中山在晚年特别强调了枪杆子对革命的重要性:"大凡建设一个新国家,革命军是不可少的。""如果没有好的革命军,中国的革命,永远还是要失败。"中国新民主主义革命在全国的胜利、新中国的建立,也是通过艰苦卓绝的武装斗争取得的。

但是,枪杆子并不决定政权的性质。仍以近代历史为例,同样是武装革命,英国、法国、美国等国建立的是资本主义的政治制度,俄国十月革命建立的是与资本主义对立的社会主义制度。国民党用枪杆子背叛革命,建立的是代表大地主大资产阶级的反动政府,中国共产党通过武装斗争建立的是代表全国绝大多数人口的人民民主专政。中外历史清楚地说明,枪杆子是夺取政权的主要方式,是维护和巩固政权的主要工具,是非常重要的。但是,它不决定政权的制度和性质。

在新民主主义革命的过程中,毛泽东在新民主主义理论中,创造性地勾画了新中国的蓝图,规定在政治上实行无产阶级领导下的各革命阶级联合专政,实行民主集中制、人民代表大会和民族区域自治的政治制度。1948年4月30日,中国共产党发表著名的"五一口号",号召各民主党派到解放区共商建国大计。在广泛酝酿和充分筹备的基础上,1949年9月中国人民政治协商会议第一届全体会议召开,会上中国共产党与各民主党派一起制定了《共同纲领》,并据此选举产生了中华人民共和国中央人民政府。

由此可见,历史事实是,中国共产党通过枪杆子推翻了旧政权,但是,新政权是通过民主协商和民主选举建立的。中国共产党之所以能够战胜强大的敌人,力量之源是人民的支持、拥戴和参与,是人民对中国共产党的选择,因此,其历史合法性是明显的。

第三章 井冈之火燎原起——革命根据地的开辟

在全党为挽救革命、寻找革命新道路而进行的艰苦斗争中,以毛泽东为主要代表的一大批共产党人,经过创建、发展红军和农村革命根据地的实践,逐步找到了一条推动中国革命走向复兴和胜利的道路。

井冈山,中国革命的摇篮。在这里,以毛泽东为代表的中国共产党人深入农村,建立了农村革命根据地,开辟了以农村包围城市的独特革命道路;在这里,年轻的中国共产党及其领导的工农红军经受住了无数次的考验,使中国革命的星星之火终成燎原之势。正如毛泽东所说:"这里用得着中国的一句老话:'星星之火,可以燎原。'这就是说,现在虽只有一点小小的力量,但是它的发展是会很快的。"

一、黄洋界上炮声隆

虽然秋收起义的部队经过整编后,军心逐渐稳定下来,但由于长期处于流动作战的状态,要想招兵买马,储备粮食壮大实力，还必须有一个稳固的根据地作为后方，这样才能长期坚持下去。作为总指挥的毛泽东必须为革命找到一个支点，经过对周围环境和地形的考察，最后确定到井冈山去发展。

井冈山地跨湘、赣两省，远离南昌、长沙、武汉等大城市，国民党的势力十分薄弱，且山高林密，地势险要，易守难攻，可进可退。这里土地肥沃，盛产粮油，志书上记载此地为"一年耕而三年食"，是个练兵屯粮的好地方。

加之原本在井冈山一带活动的由袁文才、王佐领导的地方农民武装在这里坚持斗争。在袁文才与毛泽东会晤并达成共识后，他觉得毛泽东气度不凡，一定是成就大业的人物，他们愿意同工农革命军结合，十分欢迎毛泽东上山共创革命事业。

毛泽东进入井冈山之后，落稳了脚跟，但他感到自己带上山的部队实在是太过弱小，要抵抗国民党军队的进攻，必须尽快联络其他的革命武装。这时朱德和陈毅带领的南昌起义

井冈山黄洋界

《井冈山会师》(作者:林岗)

部队正在附近活动,于是毛泽东马上派人前去联络。朱德得知毛泽东已上了井冈山之后,派毛泽东的弟弟毛泽覃联络会师。最后,朱德和陈毅带领 8 000 余人的军队在毛泽东的掩护下,顺利进入井冈山,这就是历史上著名的"朱毛会师"。

　　从 1927 年 10 月到 1928 年 2 月,以毛泽东为书记的前敌委员会领导井冈山军民,利用国民党新军阀之间发生战争、井冈山地区敌人兵力空虚的大好时机,采取积极发展的方针,逐步开创了工农武装割据的局面。工农革命军首先在边界各县进行打倒土豪劣绅、发动群众的游行、暴动,建立县、区、乡各级工农民主政权。1927 年 11 月,工农革命军在茅坪这个"家"休养了半个多月后,恢复了精神和士气。为了扩大根据地的范围,11 月 18 日,毛泽东决定趁国民党内部李宗仁和唐生智开战,茶陵县空虚的机会,出兵夺取茶陵县城,并成立湘赣边界第一个红色政权——茶陵县工农兵政府,谭震林任主席。1928 年 1 月,工农革命军攻

占遂川县城,建立了遂川县工农兵政府。举行成立大会时正值农历大年初二,毛泽东非常高兴地题写一副对联:

你当年剥削工农,好就好,利中生利;

我今日斩杀土劣,怕不怕,刀上加刀。

为了加强对井冈山斗争的领导,以毛泽东为书记的前敌委员会先后派出党员干部,恢复、整顿和发展各县的党组织。到1928年2月,先后成立了宁冈、永新、茶陵、遂川四个县委和酃县特别区委,莲花县也开始建立党的组织。

1928年7月中旬,红4军主力远征湖南,第一次"联合会剿"未得手的湘、赣两省敌军,趁井冈山革命根据地兵力空虚之际卷土重来,发动了第二次"联合会剿"。敌军人多势众,来势汹汹,大有一举荡平井冈山之势。

8月30日,是决定井冈山红色根据地生死存亡的日子。在一口气占领了井冈山北麓山下的永新、莲花、宁冈3座县城之后,调集了4个团,黑压压地从北面朝井冈山涌来。而守卫井冈山只有31团1营的2个连。

井冈山有五大哨口,即黄洋界、八面山、双马石、朱砂冲、桐木岭。敌军集结在黄洋界哨口下面。于是,红军把黄洋界之外的4个哨口交给王佐部队把守,把31团1营那2个连调到黄洋

黄洋界哨口

界。黄洋界海拔 1 343 米,两山对峙,中间只有一条羊肠小道,正面山岩陡峭。站在黄洋界,一眼可以望见山脚下的小村庄。4 个团的敌军正聚集在那里,而上面的红军,只有 2 个连! 敌我力量悬殊,该怎么办?

31 团团长朱云卿和党代表何挺颖亲自在哨口指挥。朱云卿才 21 岁,何挺颖 23 岁,一个是黄埔军校第三期毕业生,一个在上海大学受过培训。红军的弹药很少,每人才 3—5 发子弹。朱云卿和何挺颖商量,只能依靠根据地的广大军民,出奇兵才能取得胜利。

首先，他们动员山上军民，每人至少削20枚竹钉。这种竹钉，本是当地老表用来打野兽的。井冈山翠竹遍野，有的是竹子。老表们用竹子削成尖尖的竹钉，

谭震林在井冈山用过的手枪

井冈山群众配合红军作战，埋在阵地前的竹钉

用火烤过，用陈尿泡过，又锋利又有毒，野兽踩上去，脚会长脓腐烂。眼下，在黄洋界上山的20里山路上，撒满这种竹钉，令人望而生畏，成了一道特殊的防线。

其次,动员男女老少上黄洋界,作为"疑兵"。战斗时听口令,或者在铁桶里放鞭炮,冒充机枪声;或者呐喊"冲呀"、"杀呀",以壮声势,使敌人摸不透山上到底有多少兵。贺子珍、伍若兰都参加了这支呐喊的"疑兵"。

如此布置停当,红军便"恭候"在黄洋界哨口。

8月30日清晨,云雾弥漫。待旭日升起,云散雾消,便看见山下的羊肠小道上,蠕动着一连串黑点。敌兵开始向山上发起进攻了。小道只容得单人独行,敌兵以"鱼贯式"长蛇阵前进,一边往上面走,一边"乒乒乓乓"放枪,山上却沉默着。朱云卿在等待着敌军进入射程范围。子弹是那么少,一颗子弹要当两颗用。

敌军在机枪掩护下前进。终于进入射程范围,朱团长这才喊了一声"打",枪声和鞭炮声混合在一起,敌人弄不清楚山上到底有多少兵。敌军不断地逼近,一次又一次发起冲击。从上午打到中午,打到下午,还在那里不断冲击。这时,红军的枪声变得稀少,子弹已所剩无几,只得不断往下滚石头。在这关键时刻,连长谭希同、班长刘荣辉和贺敏学等人,把一门迫击炮扛了上来。这门迫击炮有毛病,本来放在茨坪的军械所修理。战斗急用,也就不管三七二十一,便扛上黄洋界。这门炮,一共只有3发炮弹。下午4时光景,架好了炮。第一发,哑炮。第二发,还是打不响。眼看着只剩最后一发炮弹了。突然,山上一声巨响,迫击炮"发言"了!炮弹不偏不倚,竟命中敌军指挥所。山上一片欢呼,冲杀声响成一片;山下乱作一团,仓皇夺路逃跑。

当夜色笼罩井冈山,战士们已饿得肚子咕咕叫,因为在清早雾散前吃过一顿早餐后,还没吃过饭呢。他们未敢撤离阵地,生怕敌军夜袭或明日再度发起进攻。翌日雾消,山下竟空无人影——敌军已连夜撤退了!敌军撤退的原因,全然在于那一声炮响。他们知道,红军的 4 个团中,只有战斗力最强的 28 团才有炮。那一声炮响,表明 28 团已经赶到山上,还是赶紧溜吧!2 个连打退 4 个团,顿时在井冈山传为美谈。

毛泽东得知此事,在 1928 年秋写下《西江月·井冈山》一词:

山下旌旗在望,

山头鼓角相闻。

敌军围困万千重,

我自岿然不动。

早已森严壁垒,

更加众志成城。

黄洋界上炮声隆,

报道敌军宵遁。

毛泽东的词,是黄洋界那次传奇式的保卫战的生动写照。

二、三湾改编与"三大纪律、八项注意"

如果说井冈山、延安、西柏坡这些革命圣地在人们心目中始终至高无上的话,那么三湾这个在历史上籍籍无名的小村庄,因为其和中国革命、人民军队的特殊渊源,同样令人心驰神往。

湘赣边界秋收起义后,毛泽东率部向罗霄山脉中段转移,于1927年9月29日到达三湾村。来到这里的当天晚上,毛泽东即作出了一个异乎寻常的决定:在他居住的"泰和祥"杂货铺召开中共前敌委员会扩大会议,讨论部队现状及其解决的措施,决定对部队实行整顿和改编。这即是后来永载党史、军史的著名的三湾改编。

今天,我们不难想象当时毛泽东以及他率领的秋收起义部队面临的艰难处境:当年的9月9日,毛泽东在湘赣边界领导发动了秋收起义,参加起义的有中国共产党领导的原国民政府警卫团,有平江、浏阳、醴陵等地的农民,还有安源的工人武装。各路部队经过激烈的战斗后,在浏阳文家市会师,毛泽东遂作出向井冈山进军的决策。由于多日的连续作战和疲劳、饥饿、疾病的袭扰,起义部队穿越萍乡芦溪县,攻克莲花县抵达三湾时,原本5 000多人的队伍,这时只剩下不足千人。前有数倍于己的敌军拦截,后有穷追不舍的敌兵,战斗减员,疟疾流行,起义部队危难重重。而在毛泽东看来,这些似乎都不可怕,可怕的是一些官兵在战斗失利、环境艰苦面前悲观动摇,不时有人"掉队",不时有人不辞而别。

怎样把这支以农民为主体的革命武装,建设成为党绝对领导下的完全新型的人民军队?此刻在毛泽东的头脑里,显然已经有了一个清晰的思路,那就是关键在加强军队中党组织建设。于是,中国工农红军具有重大历史意义的一次会议在三湾召开,人民军队坚强政治工作的优良传统由此开端,党对军队绝对领导的原则由此发轫。三湾,由此在中国革命历史上留下了浓墨重彩的一笔。

现如今三湾仍回荡着毛泽东慷慨激昂的演说:"同志们,敌人只是在我们后面放冷枪,这有什么了不起。大家都是娘生的,敌人有两只脚,我们也有两只脚,贺龙同志两把菜刀起家,现在当军长,我们有两营人,还怕干不起来吗?我们都是暴动出来的,一个人可以当敌人10个,10个人可以当100个,我们现在有这样几百人的部队,还怕什么?没有挫折失败,就不会有成功……"毛泽东的预言最终变成了现实,正是枫树坪残存的星星之火后来成为燎原之势,燃遍了井冈山,燃遍了全中国。

我们通常说毛泽东是中国工农红军的缔造者。那么究竟是如何缔造的？是最早亲手组建队伍、领兵打仗吗？未必。是研究军制和治军、创立独特战术战法？也不见得全是。毛泽东作为人民军队的缔造者，更集中体现在他为人民军队的创建和发展壮大奠定了一系列区别于其他任何军队的建军思想、原则和政治制度。在他主持召开的前敌委员会议上，决定对起义部队进行整顿改编，主要内容包括缩编建制，在部队中建立党的组织，连一级有党支部，营、团有党委，另外主张官兵待遇平等，建立士兵委员会，参加部队的管理等等。采取了这些关乎建军根基的具体措施，从当时的历史看，一个直接的变化是，改变了旧式军队的许多不良习气，以及农民起义者的自由散漫作风，使部队的凝聚力、战斗力得到空前提高。起义部队由散兵游勇向高度的组织化、纪律化迈进了一大步，实现了由扛枪、打仗、争地盘向具有崇高理想追求奋进的人民军队的一次重大转折。

　　从完成政治任务的角度看，三湾改编的影响更为深远。在红军创建初期，尽管作为一支军事力量，红军时时面临着存亡危机，但我们看到，除了消灭敌人的军事力量之外，宣传群众，组织群众，武装群众，帮助群众建立革命政权，已然成为红军极为重大的任务。毛泽东在为红军第 4 军第九次代表大会所写的决议中指出："离了对群众的宣传、组织、武装和建设革命政权等项目标，就是失去了打仗的意义，也就是失去了红军存在的意义。"在《井冈山的斗争》一文中，毛泽东曾论及三湾改编的意义："党的组织，现分连支部、营委、团委、军委四级。连有支部，班有小组。红军所以艰难奋战而不溃散，'支部建在连上'是一个重要原因。"

"三湾升起北斗星，满山遍野红通通。"历史是一部教科书，也是一部警示剧。

到 1927 年底，毛泽东根据革命斗争的现状，又规定部队必须执行打仗消灭敌人、打土豪筹款子、做群众工作三项任务。部队执行这三项任务，不仅能够打胜仗，而且广泛发动了群众，解决了经济来源问题，密切了军政、军民关系。

1928 年 4 月，毛泽东总结开辟井冈山根据地从事群众工作的经验，规定部队必须执行三大纪律、六项注意。三大纪律是：第一，行动听指挥；第二，不拿工人农民一点东西；第三，打土

红军写在墙上的歌谣

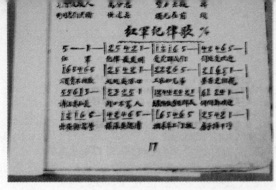

红军纪律歌　　井冈山红军战士写在包袱布上的"六项

豪要归公。六项注意是：（一）上门板；（二）捆铺草；（三）说话和气；（四）买卖公平；（五）借东西要还；（六）损坏东西要赔。后来，六项注意又增加洗澡避女人和不搜俘虏腰包两项内容，从而发展成为三大纪律、八项注意。三大纪律、八项注意的提出，对于革命军队的建设，对于正确处理军队内部关系，特别是军民之间的关系，对于团结人民和瓦解敌军，都起了重大的作用。

三、星星之火，可以燎原

　　毛泽东率领的起义部队在井冈山站住了脚，开始了创建井冈山革命根据地的伟大斗争。在井冈山，毛泽东通过发动群众开展土地革命，整顿和恢复地方党组织，建立红色政权，从而成功地开辟了中国革命第一个农村根据地。毛泽东的这一伟大实践，成为他创立"农村包围城市"道路理论的起点。

　　然而，走"工农割据"的道路同样是艰辛之旅。

　　首先，秋收起义队伍内部对"上山"就存在不同意见，少数人为此还离开了部队。当时的临时中央对毛泽东上井冈山表示不满，临时中央不顾敌我力量极其悬殊的客观实际，硬是强调所谓的进攻路线,主张"暴动暴动再暴动",强行推动中国革命的"新高潮"。1928年3月上旬,中共湘南特委代表周鲁到江西宁冈砻市,传达了中共中央关于撤销毛泽东临时中央政治局候补委员的决定(后证实为误传),同时宣布撤销以毛泽东为书记的前敌委员会,另成立中共师委,毛泽东改任师长。

1927年冬至1928年春,在井冈山就有人提出过"红旗到底能打多久"的问题。林彪是1928年4月28日才随朱德、陈毅上井冈山的。尽管"红旗到底能打多久"这句话最初不是出自林彪之口,但他可能是这种思潮的代表之一。毛泽东指出这种思潮不止1次,而是有5次。1927年冬,毛泽东率领秋收起义部队5 000余人开赴井冈山,很多人对革命持悲观情绪,他们在问:"红旗到底能打多久?"林彪在井冈山时常问:"天天吃南瓜,能打得下天下吗?"为此,毛泽东专门给林彪写了《中国红色政权为什么能够存在?》一信,是有所指的。

1930年1月5日,毛泽东为了批判党内存在的悲观思想,给林彪写了一封信,这封信就是后来收入《毛泽东选集》第1卷的《星星之火,可以燎原》。

毛泽东在信中批评了林彪的错误思想,指出:一、现在中国革命的主观力量虽然弱,但是立足于中国落后的脆弱的社会经济组织之上的反动统治阶级的一切组织（政权、武装、党派等）也是弱的。二、1927年革命失败以后，革命的主观力量确实大为削弱了，但是"星星之火，可以燎原"，现在虽只有一点小小的力量，但它的发展会是很快的。三、对反革命力量的估量，决不可只看它的现象，要去看它的实质。1928年底到1929年初，敌人对井冈山根据地进行3次"会剿"，好像很有力量，其实英、美、日在中国的斗争已十分露骨，军阀混战业已形成，实质上这是反革命潮流开始下降，革命潮流开始复兴。四、现实的客观情况是，各种矛盾都向前发展了，全国布满了干柴，很快就会燃成烈火。

信中批评那种不愿做艰苦工作来创建农村革命根据地的错误倾向，指出只有中国工农红军和红色区域的建立和发展，才是半殖民地农民斗争的最高形式和促进全国革命高潮的重要因素，星星之火，必将燎原。那种先争取群众然后再举行全国武装起义夺取政权的理论，是不适合中国革命的实情的。毛泽东在这封信中，总结各个革命根据地的经验，发展"工农武装割据"的思想，开始形成了以农村包围城市，在农村地区先建立和发展红色政权，待条件成熟时再夺取全国政权的关于中国革命道路的理论。这是对马克思列宁主义关于武装夺取政权理论的重大发展。

毛泽东在信中运用唯物辩证法，科学地分析了国内政治形势和敌我力量对比,批判了夸大革命主观力量的盲动主义和看不到革命力量发展的悲观思想,认为这是与中国革命的实情不适合的。信中充分估计了建立和发展红色政权在中国革命中的意义和作用,提出了农村包围城市、武装夺取政权的思想。明确指出:"红军、游击队和红色区域的建立和发展,是半殖民地中国在无产阶级领导之下的农民斗争的最高形式","是促进全国革命高潮的最重要因素"。在《中国的红色政权为什么能够存在?》中,毛泽东写道:"一国之内,在四围白色政权的包围中,有一小块或若干小块红色政权的区域长期地存在,这是世界各国从来没有的事。这种奇事的发生,有其独特的原因。而其存在和发展,亦必有相当的条件……"毛泽东又写道:"有些同志在困难和危急的时候,往往怀疑这样的红色政权的存在,而发生悲观的情绪。这是没有找出这种红色政权所以发生和存在的正确的解释的缘故。我们只须知道中国白色政权的分裂和战争是继续不断的,则红色政权的发生、存在并且日益发展,便是无疑的了。"

文章最后敏锐地指出,所谓革命高潮快要到来的"快要"二字作何解释,这点是许多同志的共同的问题。马克思主义者不是算命先生,未来的发展和变化,只应该也只能说出个大的方向,不应该也不可能机械地规定时日。但所谓的中国革命高潮快要到来,决不是如有些人所谓"有到来之可能"那样完全没有行动意义的、可望而不可即的一种空的东西。它是站在海岸遥望海中已经看得见桅杆尖头的一只航船,它是立于高山之巅远看东方已见光芒四射喷薄欲出的一轮朝日,它是躁动于母腹中的快要成熟了的一个婴儿。

毛泽东在给林彪的这封信中,实际上已经开始形成了以农村包围城市,然后夺取城市的思想,这是在中国这样一个半殖民地半封建的东方大国里进行革命斗争所作出的新结论,是对马克思主义关于武装夺取政权理论的重大发展。

1928年10月和11月,毛泽东深刻总结了井冈山、广东海陆丰、湖北黄安等农村根据地一年多来的斗争经验,先后撰写了《中国的红色政权为什么能够存在?》、《井冈山的斗争》等文章,而1930年初的《星星之火,可以燎原》则标志着"农村包围城市"革命道路理论的基本形成。

井冈山根据地是中国共产党领导工农群众建立的具有重大影响的农村革命根据地,正如毛泽东所指出的:"边界红旗子始终不倒,不但表示了共产党的力量,而且表示了统治阶级的破产,在全国政治上有重大的意义。"

井冈山的星星之火,渐成燎原之势。

第四章　路在何方？——长征

由于"左"倾冒险主义和"左"倾教条主义的错误领导,以及敌强我弱,中央革命根据地第五次反"围剿"战斗遭到失败。1934 年 5 月,中央书记处作出决定,准备将中央红军主力撤离根据地,并将这一决定报告共产国际。不久,共产国际复电同意。但是,中共中央和军委领导人仍没有适时作出转变战略方针的决断,战略转移的准备工作只在极少数中央领导人中秘密地进行。为筹划战略转移成立了"三人团",但"三人团"中博古负责政治,李德负责军事,而周恩来只负责督促军事准备计划的实施。

在被迫撤离中央苏区开始长征后,红军迭次失利,与前 4 次反"围剿"胜利发展形成了鲜明的对比,广大指战员认识到若不纠正错误的军事指导方针,中央红军随时都有全军覆灭的危险。1935 年初召开的遵义会议终于扭转了局面,红军开始了新的征途,尽管历尽千辛万苦、千难万阻,但正如毛泽东在长征

胜利后所写的那样:

> 红军不怕远征难,万水千山只等闲。
>
> 五岭逶迤腾细浪,乌蒙磅礴走泥丸。
>
> 金沙水拍云崖暖,大渡桥横铁索寒。
>
> 更喜岷山千里雪,三军过后尽开颜。

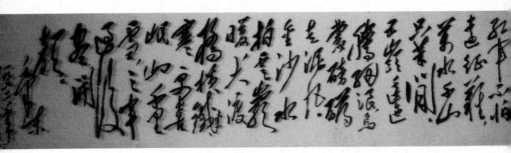

毛泽东书写的《长征》

一、 "围剿"与反"围剿"

在中国革命战争的长卷中,中央苏区的 5 次反"围剿",无疑占有极其重要的一页。如果说,辽沈、淮海、平津三大战役是中国共产党同国民党军事主力的"大决战",那么,中央苏区 5 次反"围剿",便是两者间"最初的较量":中国共产党领导的中央红军从无到有,从小到大,发展至 30 万,后来又损失至 3 万;而国民党的"围剿"军,从 10 万增至 100 万,最后还是没能把革命队伍消灭。

1930年上半年,中国工农红军利用蒋介石、阎锡山、冯玉祥之间开战的有利时机发展到10万人,红色政权也得以扩大,并开辟了10余块苏区。对此,国民党当局异常恐惧。国民党政府主席、陆海空军总司令蒋介石急忙于8月下旬令武汉行营主任何应钦在汉口召开湘、鄂、赣三省"绥靖"会议,确定了以军事为主,党务、政务密切配合,分别"围剿"各苏区红军的总方针。10月,蒋介石在同冯玉祥、阎锡山的中原大战基本取得胜利后,即迅速抽调兵力,组织对苏区的大规模"围剿",企图在3至6个月内消灭红军,并将重点置于中央苏区。蒋介石陆续调集11个师又2个旅,共约10余万兵力,指令国民党江西省政府主席兼第9路军总指挥鲁涤平,组织对红1方面军和中央苏区进行第一次大规模"围剿"。红军第1方面军约4万人,在毛泽东亲自指挥下,采取诱敌深入、积极防御的战略方针,依靠根据地优越条件反攻歼敌,粉碎"围剿"。12月27日反"围剿"战争开始。红军以1个团钳制东面源头、洛口、头陂等地之敌,以小部兵力钳制西面进攻约溪之敌,主力于30日分路向龙冈之敌发起猛攻,昼夜激战,俘获国民党总指挥张辉瓒以下9 000人。后在东韶地区又将国民党第50师歼灭一半,余敌纷纷溃退。中国工农红军第一次反"围剿"战争取得胜利。

1931年2月开始,国民党当局又以军政部长何应钦为陆海空军总司令南昌行营主任,调集约20万兵力,对中央根据地发动第二次"围剿"。他们吸取前次"长驱直入"遭到失败的教训,采用"稳扎稳打、步步为营"的战术,同时实行严密的经济封锁。4月1日,国民党军队分四路向中央根据地大举进攻,企图包围并消灭红1方面军主力于赣南。其他部队从江西赣江向东延伸,一直到福建建宁,构成一条800公里长的弧形阵地。

中央苏区经过反复讨论,接受毛泽东的意见,仍然坚持采取"诱敌深入"的方针,利用根据地的有利条件,集中兵力,先打弱敌,然后自西向东横扫,各个歼灭敌人。在毛泽东、朱德的指

反"围剿"行军中的红军

挥下,红军在半个月的时间内,连打5个胜仗,歼敌3万余人,缴枪2万余支,痛快淋漓地打破了国民党军队的第二次"围剿",并进一步扩大了中央根据地。

1931年7月,蒋介石又自任"围剿"总司令,以何应钦为前线总司令,聘用英、日、德等国的军事顾问,调集部队30万人,向中央根据地发动第三次"围剿"。这一次,蒋介石依仗十倍于红军的兵力,决定采取"长驱直入"的方针,企图把红军主力压迫到赣江东岸加以击破,然后分路"围剿",完全摧毁中央根据地,消灭红1方面军。

毛泽东、朱德决定仍采取"诱敌深入"的方针,"避敌主力,打其虚弱"。针对敌人的半包围态势,红军声东击西,主力从敌军中间的空隙地带突围。当国民党军队发现红军主力已在包围圈以东时,蒋介石立即命令所有部队分两路对红军进行大包围战术,迅速进逼。而红军再次采取声东击西战术,以红12军伪装主力,而主力部队则迅速突出重兵包围,隐蔽休整等待时机。当敌军再次发现实情后,参加"围剿"的国民党军队已疲惫不堪,而红军主力已休整半月,取得了战场上的主动权。同时,起兵反蒋的粤桂联军乘蒋介石的主力部队深陷江西之际,向湖南衡阳进发。蒋介石不得不"移师赣粤边区阻止叛军扩张"。红军乘势发起战斗,前后歼敌3万余人,缴获枪支1.4万余支。这样,蒋介石自任总司令的第三次"围剿"也以失败而告终。

在连续取得三次反"围剿"胜利的斗争中,红军逐步形成了自己的一套战略、战术体系。正如毛泽东在《中国革命战争的战略问题》一文中所指出的:到了江西根据地第一次反"围剿"时,"诱敌深入"的方针提出来了,而且应用成功了。等到战胜敌人的第三次"围剿",于是全部红军的作战的原则就形成了……后来的东西,只是进一步的发展罢了。

1932年5月20日,临时中央给苏区中央局发出指示,批评苏区中央局没有认识到进攻策略的重要性,犯了"右倾与保守主义的错误",批评周恩来到中央根据地后工作"不得力"等。与此同时,蒋介石对根据地的第四次"围剿"已经开始。在如何应敌的问题上,在前线的苏区中央局与在后方的负责人发生了意见分歧。在后方的负责人一再催促红1方面军向北出击,威胁南昌,认为这样才能减轻国民党军队对鄂豫皖、湘鄂西、湘鄂赣根据地的压力,给这些根据地以直接支援。而在前线负责指挥作战的周恩来、毛泽东、朱德等认为这个意见行不通。为此,1932年10月上旬,中共苏区中央局在江西宁都举行全体会议。

会议对毛泽东领导红军在历次反"围剿"中实行的战略战术进行了批评和指责,"诱敌深入"的方针被指责为"专去等待敌人进攻的右倾主要危险"、"消极怠工"等。会议决定毛泽东"仍留前方助理",同时批准毛泽东"暂时请病假,必要时到前方"。1933年,周恩来、朱德等运用和发展以往反"围剿"的成功经验,从实际出发,没有机械地执行苏区中央局的命令,打破了第四次"围剿"。

1933年初,日军大举入侵华北,中华民族危机日益严重,然而蒋介石却置民族危亡于不顾,仍然坚持推行"攘外必先安内"的反动方针,决心消灭共产党及其领导的红军。1933年9月

国民党军在第五次"围剿"中修筑的碉堡

25日,第五次"围剿"的战役打响。从 1933 年 9 月 25 日至 10 月间,蒋介石调集约 100 万兵力,采取"堡垒主义"新战略,对中央革命根据地进行大规模"围剿"。这时,王明"左"倾机会主义在红军中占据了统治地位,拒不接受毛泽东的正确建议,用阵地战代替游击战和运动战,用所谓"正规"战争代替人民战争,使红军完全陷于被动地位。经过 1 年苦战,终未取得反"围剿"的胜利。最后于 1934 年 10 月仓促命令中央领导机关和红军主力退出根据地。

二、生死关头的抉择

1934 年 1 月中共六届五中全会以后,在中国共产党和根据地的各项工作中,"左"倾冒险主义得到变本加厉的推行。在这种错误领导下,第五次反"围剿"失败了,迫使红军放弃革命根据地,开始长征。长征初期,"左"倾教条主义者从进攻中的冒险主义变成退却中的逃跑主义,并且把战略转移变成搬家式的行动,使部队的行军速度非常缓慢,致使敌人有充分的时间调集兵力,对红军实行围追堵截,红军在突围过程中损失惨重。

1934 年 12 月 10 日,中央红军开始进入通道境内。此刻,"左"倾冒险主义的代表李德、博古等人,不顾红军湘江战役后兵力折损过半的实际情况和敌人张网以待的险恶局势，仍然坚持从通道北进湘西与红2、6军团会师的既定方针。3万多人的中央红军将面临一场生死决战，随时都有全军覆灭的危险。在这危急关头，党中央主要领导于12月12日在通道境内召开了紧急会议。会上，毛泽东力主放弃与红2、6军团会合的原定方针，改向敌人力量薄弱的贵州进军。毛泽东说："我们何不来个避实就虚，甩掉眼前的强敌，到贵州去。为什么一定要去钻口袋呢？大路朝天，各走一边嘛！"迫于形势压力，毛泽东关于放弃与红2、6军团会师，改向敌人力量薄弱的贵州进军的意见，得到了与会多数同志的赞同。但李德等人拒不接受。

1934年12月18日，中共中央政治局在黎平召开会议。经过激烈争论，会议接受毛泽东的意见，通过了《中央政治局关于战略方针之决定》，决定在川黔边创建新的根据地。黎平会议肯定了毛泽东的正确意见，改变了中央红军的前进方向，使红军避免了可能覆灭的危险。黎平会议后，中央红军分两路向黔北挺进，连克锦屏等7座县城，于12月底进抵乌江南岸的猴场。12月31日晚至次日凌晨，中共中央在猴场召开政治局会议，作出《关于渡江后新的行动方针的决定》，

提出首先在以遵义为中心的黔北地区,然后向川南创建川黔边新的根据地的战略任务。会议还决定,"关于作战方针,以及作战时间与地点的选择,军委必须在政治局会议上作报告",以加强政治局对军委的领导。这个决定,实际上剥夺了博古、李德的军事指挥权。1935 年 1 月初,中央红军分别从回龙场江界河、茶山关渡过乌江,1 月 7 日晨,红军先头部队进占黔北重镇遵义。

长征开始后,随着红军作战迭次失利,特别是湘江战役的惨重损失,一种不满情绪达到顶点。党和红军的许多领导人和广大干部战士,从革命战争正反两方面的经验教训中认识到,第五次反"围剿"的失败和红军战略转移中遭受的挫折,是排斥了以毛泽东为代表的正确领导,贯彻执行错误的军事指导方针的结果,强烈要求改换领导,改变军事路线。毛泽东在行军途中对王稼祥、张闻天及一些红军干部反复进行深入细致的工作，向他们分析第五次反"围剿"和长征开始以来中央在军事指挥上的错误，得到他们的支持。周恩来、朱德与博古、李德的分歧越来越大，也支持毛泽东的正确意见。

这时，中央大部分领导人对于中央军事指挥的错误问题，基本上取得一致意见。在这种形势下，召开一次政治局会议，总结经验教训，纠正领导上的错误的条件已经成熟。同时，中央红军攻占遵义，把敌人的几十万追兵抛在乌江以东、以南地区，取得了进行短期休整的机会，也为中央召开遵义会议提供了必要条件。

1935 年 1 月 15 日至 17 日，党中央在遵义城琵琶桥（后改名子尹路，又改称红旗路）东侧 87 号原贵州军阀师长柏辉章的公馆里召开政治局扩大会议，即遵义会议。会议的主要议题是总结第五次反"围剿"的经验教训。首先，由博古作关于第五次反"围剿"的总结报告，他在报告中极力为"左"倾冒险主义错误辩护。接着，周恩来作了副报告，主要分析了第五次反"围剿"和长征中战略战术及军事指挥上的错误，并作了自我批评，主动承担了责任。毛泽东在会上作了重要发言，着重批判了第五

遵义会议会址

次反"围剿"和长征以来博古、李德在军事指挥上的错误，以及博

《关于反对敌人五次"围剿"的
总结的决议》

古在总结报告中为第五次反"围剿"失败辩护的错误观点。张闻天、王稼祥、朱德、刘少奇等多数同志在会上发言，支持毛泽东的正确意见。会议经过激烈的争论，在统一思想的基础上，委托张闻天起草了《中共中央关于反对敌人五次"围剿"的总结的决议》，并由常委审查通过。决议肯定了毛泽东关于

红军作战的基本原则,否定了博古关于第五次反"围剿"的总结报告,提出了中国共产党的中心任务是战胜川、滇、黔的敌军,在那里建立新的革命根据地。会议决定改组中央领导机构,增选毛泽东为政治局常委(书记处书记,当时应无常委之说),取消博古、李德的最高军事指挥权,仍由中央军委主要负责人周恩来、朱德指挥军事。会后,常委进行分工:由张闻天代替博古负总责,毛泽东、周恩来负责军事。在行军途中,又成立了由毛泽东、周恩来、王稼祥组成的三人军事指挥小组,负责长征中的军事指挥工作。

遵义会议是中国共产党第一次独立自主地运用马克思列宁主义基本原理解决自己的路线、方针和政策方面问题的会议,使红军和党中央在极其危急的情况下得以保存下来。从此以后,红军转败为胜,转危为安,胜利地完成了二万五千里长征。遵义会议是中国共产党和中国工农红军历史上一个伟大的转折点。

遵义会议以后,中央红军在毛泽东的指挥下,在广阔的战线上展开机动灵活的运动战。1935年1月19日,中央红军兵分三路先后从遵义、桐梓、松坎地区出发,向土城、赤水前进。蒋介石急调重兵封锁。先头部队红1军团击溃黔军的抵抗,攻占土城,并往赤水疾进。但在黄陂洞、复兴场遭遇川军章安平旅、达凤岗旅阻击,红 9 军团在箭滩遭遇川军特遣支队徐国瑄部阻击,红军占领赤水计划受挫。中央军当机立断,暂缓北进计划,毅然掉头东去,杀敌一个回马枪。2 月 18 日至 21 日,中央红军二渡赤水,重入贵阳,再占遵义。这一仗打死敌人 2 000 余人,俘虏 3 000 余人,是长征以来最大的一次胜仗,连蒋介石也承认这是"追剿"红军以来的奇耻大辱。

红军再占遵义,蒋介石气急败坏,再次调整部署,向遵义、鸭溪一带合围。为跳出重围,毛泽东指挥红军再次西进,3 月 16 日至 17 日,三渡赤水,重入川南。蒋介石以为红军又要北渡长江,调兵围堵。红军突然挥师东进,再返贵州,于 3 月 21 日至 22 日四渡赤水。

红军声东击西、飘忽不定的战略,弄得蒋介石晕头转向,搞不清红军的真实意图。红军四渡赤水时,他以为红军又要攻打遵义,急忙调兵遣将。红军随即南渡乌江,兵锋直指贵阳。

此时,蒋介石正在贵阳坐镇指挥对红军的"围剿"。贵阳附近的兵力大都调往遵义和长江沿岸了,防守十分薄弱。红军突然神兵天降,蒋介石一下子慌了神,准备好轿子、马匹等,随时准备逃跑,同时命令各部队火速救援贵阳。正当敌人各军纷纷向贵阳增援时,中央红军直插昆明,虚晃一枪后直奔金沙江,5

月上旬巧渡金沙江,完全跳出了数十万敌军围追堵截的圈子,掌握了长征的战略主动权。

三、 红军不怕远征难

众所周知,从 1934 年开始到 1936 年结束的长征,是人类历史上的奇迹。在整整 2 年的时间里,红军辗转 14 省,行程二万五千公里,突破几十万敌军的包围封锁,唱响战略转移的凯歌,是人类近现代战争史上的英雄史诗。

遵义会议后,中央红军确定主动撤离遵义,在川黔滇边和贵州省内迂回穿插。特别是在四渡赤水的过程中,中央红军灵

红军强渡大渡河时的泸定铁索桥

活机动地创造战机,运动作战,各个歼敌,以少胜多,从而变被动为主动。随后出敌不意,主力南渡乌江,直逼贵阳,迅即西进,4 月下旬以一部在翼侧策应。5 月初,抢渡金沙江,摆脱了几十万国民党军的围追堵截,取得了战略转移中具有决定意义的胜利。由于执行了正确的民族政策,红军顺利通过大凉山彝族区。接着强渡大渡河,飞夺泸定桥,翻越终年积雪的夹金山。6 月中旬,与红 4 方面军在懋功会师。

红 1、4 方面军会师后,红军以北上建立川陕甘根据地为战略方针,中共中央决定将两个方面军混合编为左、右两路军,翻雪山、过草地北上。

翻雪山、过草地,是红军长征史诗中艰苦卓绝的一幕。

大雪山位于四川西部,海拔 4 000 多米,终年积雪,空气稀薄,荒无人烟,气候变幻无常,一会狂风大作,一会冰雹猛降。当地老百姓把大雪山叫做"神山",意思是只有神仙才能过去。1935 年 6 月 12 日,红军部队自宝兴县硗碛村出发,翻越长征以来的第一座雪山——夹金山。夹金山,藏语名字叫宁旺亚布,总面积 840 平方公里,海拔 4 000 多米,一上一下要走 70 里路,高山缺氧,积雪终年不化,翻越十分困难,有些人坐下休息就再也起不来。红 3 军团于 6 月 28 日翻越梦笔山第二座大雪山后，7月3日，又翻越长板山第三座大雪山，6日，翻越打鼓山第四座大雪山，7日，翻越拖罗岗第五座雪山，8日，先头部队到达芦花地域。至此，红军艰难翻越大雪山。

红军征服雪山之后，从毛儿盖继续往北，向茫茫百里的草地进发。草地上笼罩着阴森森的迷雾，既无道路又无人烟，草丛下面往往是淤泥，十分松软，一不小心就会陷进泥潭而拔不出腿，要有几个人帮助才能架出来。如果没有被及时发现，就会愈陷愈深，最后整个人被吞噬。沿途沼泽遍地，找不到清水，就只能喝带草味的苦水；找不到粮食，就只能吃野菜，但往往连野菜都被挖光了，战士们实在是饿得受不了，就煮皮带吃。最终，红军历尽千辛万苦，硬是闯过了草地。

中共中央随右路军跨过草地，抵达班佑、巴西地区。8月

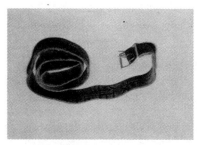

红4方面军战士周广才长征中吃剩下的皮带。为纪念这段艰苦岁月，他在皮带上烫了"长征记"3个字

红4方面军战士刘毅保存的过草地时吃的野菜

底,右路军1部在包座全歼国民党军第49师约5 000余人,打开了向甘南前进的门户。9月,张国焘率左路军到达阿坝地区后,拒绝执行中共中央的北上方针,并要挟中共中央和右路军南下。毛泽东等于9月10日急率第1、3军团(后组成陕甘支队)继续北上,夺取腊子口,突破国民党军渭河封锁线,翻越六盘山,于10月19日到达陕北吴起镇(今吴旗县城),先期结束了长征。11月21日至24日,取得了直罗镇战役的胜利,为党中央和红军扎根在陕北奠定了基础。

在国民党重兵对鄂豫皖根据地围攻的情况下,红25军和鄂豫皖省委按照中共中央指示,于1934年11月从河南罗山县开始西移,在鄂豫陕边建立根据地,粉碎国民党军两次"围剿"。次年7月过陇东,9月与陕甘根据地的第26、27军会师,合编为第15军团。第1、3军团到达后,与之合编为红1方面军。

在湘鄂川黔根据地的红军2、6军团,于1935年11月从湖南桑植出发,转战湖南、贵州、云南三省,击溃国民党军的拦截,渡过金沙江,经西康、四川,于1936年6月底至甘孜,与张国焘率领的南下受挫的红4方面军会师。2、6军团合组为红2方面军。7月,红2、4方面军共同北上,在红1方面军接应下,10月先后在甘肃省会宁县和静宁县将台堡与红1方面军会师,至此,红军长征结束。

提起红军长征,可谓家喻户晓,妇孺皆知,但"长征"、"万里长征"、"二万五千里长征"这些概念是何时提出的,却鲜为人知。1934年10月,中央红军(即红1方面军)开始实行战略转移后,中共中央、中革军委、红军总政治部在所发的指示和命令中,并没有把这次行动称为"长征",而是称为"突围"、"反攻"、"西进"等。同年11月,中共驻共产国际代表团团长王明,在莫斯科向苏联外国工人出版社中国部全体工作人员做报告时,把红7军团北上和红6军团西征称为"长征",这是目前所知最早的"长征"概念。1935年2月23日,红军总政治部在《告黔北工农劳苦群众书》中,第一次把中央红军的战略转移称为"长征"。5月,朱德在《中国工农红军布告》中盛赞"红军万里长征,所向势如破竹",从而第一次提出"万里长征"的概念。随着中央红军长征里程的不断增加,"长征"的定语由"万里"逐步增大。1935年8月5日,中共中央政治局在沙窝会议通过的决议中指出:"1方面军一万八千里的长征是中国历史上的空前的伟大事业。"9月12日,中共中央在俄国界会议作出的《关于张国焘同志的错误的决定》中指出,红军进行了"二万余里的长征"。10月19日,中共中央率陕甘支队(由红1方面军主力和军委纵

到达陕北后的毛泽东、朱德、周恩来、秦邦宪(博古)(右起)

队改编而成)到达陕北吴起镇,胜利结束了长征。当天,毛泽东即指出:红1方面军长征"根据红1军团团部汇总,最多的走了二万五千里"。11月13日,中共中央在《中国共产党中央委员会为日本帝国主义并吞华北及蒋介石出卖华北出卖中国宣言》中明确提出:"(红1方面军)经过二万五千余里的长征,跨过了十一省的中国领土,以一年多艰苦奋斗不屈不挠的精神,最后胜利地到达了中国的西北地区,同陕甘两省原有的红军取得了会合。"随着红军长征英雄业绩的广为流传,这一伟大壮举的影响不断扩大,"长征"、"万里长征"、"二万五千里长征"逐渐成为1934年至1936年间战略转移的专门用语。

中央红军长征从1934年10月至1935年10月,历时13个月 2 天,纵横 11 个省份,长驱二万五千里,途中总共爬过 18 座山脉,走过 600 里人迹罕至的茫茫草地,渡过 24 条河流,打过大小战斗 300 多次;红 2 方面军长征从 1935 年 11 月至 1936 年 10 月,历时 11 个月,转战 9 省,行程一万六千里,进行大小战斗 110 次;红 4 方面军长征从 1935 年 5 月至 1936 年 10 月,历时长达 18 个月,转战数省,行程八千余里,进行过大小战斗千百次。可以说,红军在长征路上的经历是艰辛的,他们的超凡毅力和精神是悲壮的。身后有飞机大炮追着,还要空着肚子,光着脚走过没有路的"路"……这些在寻常人看来是"不可能完成的任务",但是他们却圆满完成了。以色列军人伍大卫曾经这样评价长征,中国红军表现出来的精神是全世界的宝贵财富,值得世界各国军人景仰和学习。

中国工农红军主力实现从长江南北各苏区向陕甘革命根据地(亦称陕甘苏区)的战略转移。"长征是宣言书,长征是宣传队,长征是播种机",当年红军长征胜利到达陕北之后,毛泽东曾就长征作过如此精辟的总结。

第五章　历史在这里转折——西安事变

在民族危机加深的形势下，国民政府屈服于日本的压力。1933年5月《塘沽协定》签订后，主持北平军分会的何应钦，对日交涉所持的原则是妥协退让。1935年6月10日，国民政府颁布《申儆国民对于友邦务敦睦谊令》，把日本称为"友邦"。

1935年7月国民党政府与日本达成的《何梅协定》

通过华北事变，日本轻而易举地控制了华北大部分地区。从关外到关内，中国人民遭受日本侵略者的残酷蹂躏，而大大小小的汉奸卖国贼，却仗势欺人，狐假虎威。此时有人描述这种情景说："爱国有罪，冤狱遍于国中；卖国有赏，汉奸弹冠相庆。"

日本扩大对华北的侵略，

"一二·九"运动的游行队伍

使中华民族陷入空前严重的民族危机。中国人民对国民党政府丧权辱国的行为感到更加愤慨；国民党内部的爱国分子，也对国民党政府一贯执行的不抵抗政策表现出更明显的不满；一些不在南京政府内掌权的地方势力和政治集团，趋向于举起抗日的旗帜来

北大学生黄敬在电车上演讲

反对控制南京政府的蒋介石、汪精卫集团。

一、 最火急的问题

　　1931年，日本发动了蓄谋已久的侵占中国东北的"九一八"

游行学生被捕

1935 年 10 月 27 日,蒋介石在西安"督剿"时讲话

事变,由于南京国民政府的不抵抗政策,致使日本侵略者兵不血刃,在短短 3 个月内占领了东北全境,东北 3 000 万同胞陷入日本帝国主义的铁蹄之下。之后,日本不断地挑衅和侵略中国,1932 年,在上海挑起"一·二八"事变;1935 年,挑起华北事变,策划华北五省"自治",民族危机进一步加深。对于这种情况,毛泽东指出,抗日民族统一战线是"最火急的问题"。

然而,南京国民政府和蒋介石却一直奉行对日本侵略者妥协退让的方针政策,到 1935 年华北事变之前,蒋介石正式宣布把

"攘外必先安内"作为基本国策，对日本的无止境侵略进行妥协，对红色革命根据地和红军进行无情的经济封锁和军事"围剿"。

在中华民族面临生死存亡的紧要关头，如何挽救民族危亡，如何联合尽可能多的力量进行抗日民族战争，成为摆在中国共产党和中国人民面前的最紧迫的问题。

蒋介石在西安成立"西北剿匪总司令部"

1935 年，红军历经无数艰难险阻，经过二万五千里长征后到达陕北革命根据地。到达陕北后，红军仍然面临着严重的军事"围剿"，其中东北军是最重要的力量。但东北军在过去执行蒋介石的不抵抗政策，不仅丢掉了自己的家乡，更是受到全国人民的唾骂。此时的东北军又被蒋介石利用来"剿共"，在内战中力量不断地削弱。张学良及东北军感到"剿共"没有出路，有着打回老家去收复故土的强烈愿望。因此，中共中央及时作出了积极争取张学良及东北军，实现西北地区抗日力量大联合的决策。

1935 年 8 月 1 日，中国共产党驻共产国际代表团根据国内外政治形势的变化,以及共产国际第七次代表大会关于建立世界反法西斯统一战线的政策,以中共中央和中华苏维埃中央政府的名义发表《为抗日救国告全体同胞书》,这一宣言在巴黎出版的中文《救国报》和莫斯科出版的英文版《共产国际通讯》上刊登,史称"八一宣言"。

1935 年 7、8 月间,共产国际第七次代表大会在莫斯科召开。会上,共产国际执委会总书记季米特洛夫作了《关于法西斯的进攻以及共产国际在争取工人阶级团结起来反对法西斯的斗争中的任务》的报告。报告提出,在殖民地和半殖民地国家,共产党和工人阶级的首要任务,在于建立广泛的反帝民族统一战线,为驱逐帝国主义和争取国家独立而斗争。大会根据这个报告通过了《论共产国际在帝国主义者准备新的世界大战的情况下的任务》的决议。季米特洛夫的报告和大会的决议都强调,根据国际形势的发展,应在无产阶级统一战线的基础上建立广泛的反法西斯人民战线,并明确表示:"我们赞同英勇的兄弟的中国共产党这一倡议:同中国一切决心真正救国救民的有组织的力量结成反对日本帝国主义及其走狗的广泛的反帝统一战线。"

会议期间,王明代表中共驻共产国际代表团作了关于建立反帝统一战线问题的发言。这次大会把建立最广泛的世界反法西斯统一战线作为各国共产党的基本策略。鉴于法西斯势力在世界范围内日益猖獗的形势,会议要求纠正自1928年共产国际第六次代表大会以来在国际共产主义运动中盛行的"左"倾关门主义倾向。在共产国际新政策的影响下,中共驻共产国际代表团适时地调整了自己的政策。而由于此时中共中央和共产国际已失去电讯联系一年多了,所以无法得到共产国际的最新精神。

宣言深刻揭露日本帝国主义侵略中国的罪行和蒋介石国民党政府卖国内战政策所造成的民族危机,论述"九一八"以来爱国将士、民族英雄前赴后继,英勇作战,救亡图存,在伟大精神和必胜信念激励之下,比较完整地阐述了党的抗日民族统一战线的策略战线。同以前的统一战线口号、主张相比,《八一宣言》有许多特点。宣言指出:"日本帝国主义加紧对我进攻,南京卖国政府步步投降,我北方各省又继东北四省之后而实际沦亡了!"宣言提出"有钱出钱、有枪出枪、有粮出粮、有力出力、有专门技能出专门技能"的口号,把地主、资产阶级、一切军队都包括在统一战线之中。

瓦窑堡会议决议对《八一宣言》进行了丰富和发展,进一步完善了抗日的民族统一战线的政策和策略。

中共中央于1935年12月23日在瓦窑堡召开政治局会议,

着重讨论了抗日民族统一战线政策和策略问题,25日,通过了《中央关于目前政治形势与党的任务决议》。27日,中共中央召开党的活动分子会议,毛泽东在会上作了《论反对日本帝国主义策略》的报告。瓦窑堡会议决议和毛泽东的报告,除了体现《八一宣言》的主要思想外,还进一步发展了抗日民族统一战线政策和策略,主要表现在以下几个方面:第一,着重分析了民族资产阶级有参加抗日的可能;第二,在日本加紧侵略中国的形势下,地主买办阶级营垒也可能发生有利于抗日的变化;第三,批判党内"左"倾关门主义错误。"关门主义倾向,实质上是同右倾机会主义相同的。因为关门主义继续的结果,必然是使党脱离群众,使党放弃争取中国革命的领导权的任务。因此,党必须坚决反对'左'的关门主义,大胆地运用广泛的统一战线,深入到千千万万的群众中去。"第四,将苏维埃工农共和国改为人民共和国。"在目前,这个政府的基本任务,是反对日本帝国主义吞并中国。"第五,党要肩负起抗日民族统一战线的领

瓦窑堡会议会场

导责任。共产党员必须深入到群众中去，主要关键是应用广泛的统一战线。

《八一宣言》的发表，标志中国共产党建立抗日民族统一战线的策略基本形成。在实践上，它获得全国人民和各界人士的热烈支持，在国民党统治区产生了巨大的政治影响，有力地鼓舞和推动了抗日救亡运动的发展。瓦窑堡会议决议，使党的抗日民族统一战线政策在《八一宣言》的基础上得到补充和完善，因此，进一步促进了抗日救亡运动的高涨，爆发了逼蒋抗日的西安事变。西安事变的和平解决，使抗日民族统一战线初步形成。

二、 华清池枪声

张学良的东北军和杨虎城的第 17 路军在"剿共"战争中迭遭失败，损兵折将，在不到 2 个月的时间内，被红军歼灭 3 个师、2 个团，有 2 个师长、2 个师参谋、6 个团长或死或被俘。遭到这样的惨重损失，蒋介石非但不予补给，反而撤销其番号，削减其军费，这就从根本上动摇了张、杨跟随蒋介石打内

《张学良与杨虎城》(作者：王官乙)

战的决心。同时,他们也深深感到红军的力量不可小视,这使得他们逐步认识到继续"剿共"是没有出路的。因此,中共中央及时作出了积极争取张学良及东北军,实现西北地区抗日力量大联合的决策。

1936 年 10 月,红军与东北军、17 路军三方面在抗日的基础上实现了联合,蒋介石对此深感不安。他亲自飞往西安、洛阳,将嫡系部队约 30 个师调到以郑州为中心的平汉、龙海铁路沿线,随时准备开赴陕甘,投入内战战场。

蒋介石"攘外必先安内"的政策使山河破碎,也使张学良背上了"不抵抗将军"的骂名。背负家仇国恨的张学良对蒋介石进谏抗日,但蒋介石一意孤行,说什么:"我永远不会下达这样的命令!"而杨虎城是国民党将领中最早倡导抗日的爱国军人,他说:"我们不能跟着蒋介石殉葬,只有他干他的,我们干我们的。"

1936 年 12 月 9 日,西安万余学生为纪念"一二·九"运动游行请愿

但是，1936年10月，蒋介石"亲征"西安督促"剿共"。张学良、杨虎城进谏无效，还被蒋介石斥责临阵不力。12月，蒋介石在华清池召见张、杨，并向他们摊牌，要么积极"剿共"，要么将两军分开，调离西北。

张学良多次到华清池苦谏，为此还与蒋介石之间发生了激烈的争论，张学良痛哭陈词，但蒋介石却拍案而起："违背先安内后攘外的国策，就是反革命！"表明他的"剿共"政策至死不变。

进谏不成，张学良心急如焚："眼看他要动手了，虎城兄，我们该怎么办？"

杨虎城陷入了深深的沉思，之后严肃地问："副司令，我倒要先问你一句，你是真抗日还是假抗日？"

"这一点你还怀疑？我发誓坚决抗日，绝不退缩。"张学良斩钉截铁地说。

"既然如此，那我就给你献上一计……"杨虎城的心怦怦地跳着，睁大双眼瞪着张学良，又向门外瞅了瞅，这才上前，靠近张学良身边，声音低沉而坚定："我们给他来一个挟天子以令诸侯！"

"这，这……"张学良大吃一惊，半晌没吭声。经过认真的思考后，他坚定地说："为了国家民族，你我对他也算仁至义尽了。

眼下只有这一条路了。干!"

12月6日上午,蒋介石在陕西省政府主席邵力子陪同下去西安南郊视察,沿途由东北军卫队2营负责警戒。张、杨认为这是逮蒋的好时机,行动中不开枪,不断绝交通,当蒋乘坐的汽车开过来时,士兵把树枝堆在路上,当蒋的汽车停下来时,就生擒他。

但当天何应钦来西安见蒋,直到下午两三点,捉蒋行动未能实施。

12月8日上午,张、杨在止园再次商定行动方案,华清池抓蒋以及在西安至临潼沿线警戒任务,由东北军负责;控制西安城的任务,由17路军负责。

分工之后,张学良开始布置东北军发动兵谏的具体计划。他选中了东北军骑兵第6师第18团团长刘桂五参与捉蒋。刘出身绿林,身经百战,怀有绝技,夜间见亮不用瞄准,举枪即中。

与此同时,杨虎城也在止园召集17路军高级将士举行紧急军事会议,命赵寿山为17路军西安行动总指挥,并部署好各路负责解除武装、控制机场、逮捕蒋系高官。

于是,1936年12月12日清晨,一声枪响划破华清池的天空,从而改变了中国历史的进程。

曾参与兵谏的魏基智老人回忆当时的情形说:"1936年12月12日,黎明前的夜格外宁静。华清池蒋介石行辕内一片寂静,时有荷枪实弹的宪兵、特务,在刺骨的寒风中机械地穿梭走动……"

"叭!"一声清脆的枪响,划破夜空,紧接着,枪声、炮声和呐喊声响成一片。五间厅内,蒋介石从睡梦中惊醒,惊慌失措地从床上爬起,抓起睡衣裹在身上,穿起拖鞋翻身跳出后窗。在两个侍卫的搀扶下,他跌跌撞撞跑到后大门的土墙处,翻墙而过……

当时,蒋介石住进华清池行辕,只带了宪兵侍从40多人,张学良的卫队1营、2营驻守在华清池周围代为保护。枪声响起,这两个营的官兵立即投入了捉蒋战斗。哨兵被击毙,蒋的侍卫长跑出房门问怎么回事。其他侍卫惊醒后凭借门窗抵抗。兵变内线指挥唐君尧赶到后喊话,声明兵变不是叛变,仅为要求蒋介石改变政策、领导抗日,不久枪战停止,院内战斗结束。

然而,蒋却不见了。晨曦初露,还没发现蒋介石的行踪,东北军一个军官找到了韩怀礼,让韩带他们搜蒋。韩跟着士兵来到五间厅。只见厅内小皮箱翻了,沙发也倒了,东西摔在地上。士兵还敲了墙,看蒋介石是不是藏在夹墙里。

兵谏总指挥刘多荃向张、杨报告,张学良十分焦急,要求他们扩大搜索范围,并截断一切出路,对附近区域严密搜查。张学良命令刘多荃:"9时还找不到,提头来见我。"

一名国民党宪兵终于在威逼利诱下说,凌晨时看到蒋从墙上跳下后向山上逃去了。

唐君尧立刻指挥搜山。卫队1营、2营分别从山的左右两侧扇形排列向山上搜索。在半山腰,抓住了蒋介石的贴身侍卫蒋孝镇。一位军官用手枪对着蒋孝镇的脑袋,问蒋介石在哪里?蒋孝镇不肯讲,但无意朝山上斜视了一眼。那位军官敏锐地察觉到了,指挥士兵朝蒋孝镇眼睛所瞟的方向搜索。没多久,有几个士兵发现一块巨石的夹缝中蜷缩着一个人,便用枪逼着对其喊话,那人慌忙从石缝中站出来,正是蒋介石。士兵惊喜之至,举枪对天连发三响。

官兵们请蒋介石下山,蒋介石说:"我腰痛不能走!"原来,蒋介石从墙内往外翻跳下时伤到了腰椎。

"蒋介石已扣!"得到报告的张学良,杨虎城一颗悬着的心落地了。

西安事变为促成以国共合作为基础的抗日民族统一战线和全面抗战创造了重要历史条件,张学良、杨虎城被誉为"有大功于抗战事业"的千古功臣。

三、 西安事变的和平解决

华清池一阵枪响划破了古城西安黎明前的夜空,也划过了整个中国大地,震惊了全世界。

1936 年 12 月 12 日,张学良、杨虎城发动西安事变后,张学良立即向中共中央通报,说他们扣留了蒋介石,并提出八项主张,请中共中央速派代表到西安,共商抗日救国大事。

当时,中共中央所在地是陕北一个古老的小镇,名曰"保安"(今志丹县)。红军来了以后,保安成了当时中国革命的领导中心。在保安炮楼石壁上的一孔窑洞里,毛泽东办公室的灯光整夜亮着。他刚刚看完文件,正在沉思。这时,机要科长叶子龙兴冲冲地走了进来。

"报告主席,蒋介石在西安被捉了,刘鼎同志刚发来电报。"叶子龙说完将电报递到毛泽东手里。毛泽东仔细看着电报,浑身充满一种异乎寻常的力量。警卫员贺清华照例来给他倒水。毛泽东说:"贺清华! 张学良、杨虎城在西安把蒋介石扣起来了,赶快把这封电报送到张闻天同志那里去,请他召集所有的政治局委员开会。"

蒋介石被扣的消息,像一声春雷,打破了黎明前的寂静,惊醒了保安镇酣睡的人们。经过了紧张的研究和磋商,中共中央在张闻天的窑洞里召开了中央政治局会议。会议决定，立即给张学良、杨虎城将军复电，赞扬他们的正义行动，马上派以周恩来为团长的中共代表团前往西安参加谈判。为了确保西安事变向有利于抗日的方面发展，中共中央还命令红军主力进驻延安地区，并准备开往关中一带，以便与张学良、杨虎城一起，粉碎亲日派的武装挑衅，以促进西安事变的圆满解决。

中央代表团的主要成员有周恩来、博古、叶剑英。次日凌晨，鹅毛大雪还在不停地下着，不到8时，在周恩来的窑洞前已

参加西安事变谈判的中共代表：周恩来、叶剑英、秦邦宪（博古）（右起）

挤满了熙熙攘攘的人群,不少人是赶来送行的。一匹匹战马踏着崎岖不平的山路,很快在漫天风雪里拉成一条线,向着远方奔去。毛泽东和朱德仍站在原地,一直盯着这支远去的人马渐渐消失了,他们才离去。毛泽东意味深长地对朱德说:"恩来此行,任重道远啊!"

中共代表团到达延安机场时,张学良派来的专机已在这里等候了两个小时。当时全国有专机的只有蒋介石和张学良两个人。机场上,一位穿着校官军服、风度不凡的青年军官,正在焦急地张望着。当他看到大队人马到来时,立即迎上前去。他不是别人,正是张学良派来专程迎接周恩来等中共代表团的刘鼎。

张、杨"兵谏"的消息,迅速传遍古城,整个西安沸腾了。各界群众纷纷走向街头,成群结队举行游行示威,高呼:"拥护张学良、杨虎城将军的爱国行动!""拥护'八项主张'!""打倒日本帝国主义!""打倒蒋介石!"

这时的西安古城,笼罩着一派战争气氛,南京政府多数人估计蒋介石没有生还的希望,亲日派跃跃欲试,西安局势处于一种紧张动荡之中。在这千钧一发的紧要关头,周恩来率领的中共代表团从陕北赶来了。

周恩来抵达西安后,被安排在张学良公馆东楼。当晚,周恩来与张学良彻夜长谈。周恩来说:"我们党中央和毛泽东主席特别让我向张将军致意,对你和杨虎城将军的爱国热忱和正义行动表示钦佩。西安事变提出停止内战、一致抗日,不仅符合我们共产党的意愿,也是全国人民的最大愿望。但处理不好,将西安与南京置于敌对地位,有可能引起新的内战。如果能够说服蒋介石使他放弃内战政策,走上一致抗日的道路,就可以放他回南京。"

张学良听完周恩来一番肺腑之言后,眼睛一亮。他没有想到共产党会同意和平解决,会同意放回蒋介石。张学良非常清楚,自 1927 年以来,蒋介石搞了 10 年"剿共",双手沾满了共产党人的鲜血,共产党借此机会杀蒋也是可以理解的。没想到中共竟如此胸襟博大,以德报怨。张学良尤其佩服周恩来的高瞻远瞩,自己虽也主张释放蒋介石,但并没有像周恩来考虑得如此深远。

12 月 18 日,周恩来就到止园杨公馆拜会了杨虎城将军,双方进行了交谈。随即在张公馆的中楼,举行了以东北军张学良、17 路军杨虎城、中共周恩来为代表的三方会谈。在会谈中,周恩来充分肯定了张、杨的爱国热情,并提出和平解决西安事变的六项主张:(一)双方停战,中央军撤至潼关以东;(二)改组南京政府,肃清亲日派,加入抗战分子;(三)释放政治犯,保障民主权利;(四)停止"剿共",联合红军抗日,共产党公开活动;(五)召开各党、各派、各界、各军救国会议;(六)与同情抗日的国家合作。三方在政策上取得了一致意见,达成了共识,被称为"三位一体"。周恩来还特别强调,"三位一体"将是推动全国抗日民族统一战线的中坚。"三位一体"的紧密团结极其重要,如南京方面挑动内战,中共保证在任何情况下都信守三方协议,联合抗击南京政府亲日派对西安的"讨伐"。

12月22日,宋子文、宋美龄一行飞抵西安。第二天"三位一体"与宋美龄、宋子文(代表蒋介石)在张公馆中楼进行了谈判。经过2天的商谈,宋美龄等人作出"停止剿共"、"3个月后抗日发动"等项承诺。12月24日晚,周恩来会见蒋介石,当面向蒋介石说明中国共产党抗日救国的政策。蒋介石表示同意谈判议定的六项条件,允诺"只要我存在一日,中国决不再发生反共内战"。由宋氏兄妹代表蒋介石在一份保证文件上签了字。在这份保证文件中,蒋介石同意:(一)宣布并开始武装抗击日本侵略者;(二)停止进攻中国共产党;(三)容纳共产党共同抗日;(四)把亲日派官员从国民政府中清出去。蒋介石的顾问、美籍澳大利亚人端纳作为"见证人",也在文件上签了字。但蒋介石却不同意签字保证,只答应以"领袖人格作保",回南京后逐步执行谈判协议。

24日下午,张学良决定释放蒋介石,并亲自陪同蒋介石乘飞机离开西安回南京。一到南京,蒋介石立刻扣留张学良。消息传出后,西安出现动荡不安的局势,东北军中坚决主张联共抗日的王以哲军长被军中一部分过激分子杀害,内战危险重新出现。周恩来在极端艰难的情况下,坚定而细致地进行工作,巩固了红军和东北军、17路军的团结,基本上保持了和平解决西安事变的伟大成果。

由于代表团执行了中共中央的正确方针,经过努力终于使蒋介石被迫接受了六项条件。尽管蒋介石背信弃义,一到南京就囚禁了张学良,随之又迫害了杨虎城,但是,西安事变终于成为中国现代史上的一个重要转折点。西安事变的发生与和平解决,奠定了国共第二次合作的基础,促进了全民族抗日统一战线的形成。

第六章　红色大本营——延安

巍巍宝塔山,滚滚延河水。一说起延安,人们都会感到分外亲切,油然而生敬意。这不仅是因为,延安在革命战争年代曾是中国共产党的指挥中枢和战略后方,党中央和毛泽东主席在这里运筹帷幄,作出了关系中国革命前途命运的一系列重大决策,为夺取全国政权奠定了坚实基础;还因为,这片神奇的土地孕育了伟大的延安精神。延安精神是中国共产党的传家宝,是中华民族宝贵的精神财富。

西安事变和平解决以后,中国共产党面临的主要任务,是动员全党和全国人民巩固和平,争取民主,早日实现全民族共同抗战。1937年1月13日,中共中央机关由保安迁到延安,延安也从此成为中国红色革命的圣地。延安朴素而简洁的窑洞成为中国的"革命熔炉"。在这里,诞生了抗战大智慧,使得中国共产党成为抗日的中流砥柱;在这里,共产党人把马克思主义与中国革命实际相结合,结出了毛泽东思想这一集合全党智慧的硕果。在这一思想的指导下，中国共产党走向成熟，领导抗日战争取得辉煌胜利。

从某种意义上说，延安窑洞是一种精神，有丰富的内涵，即艰苦朴素，艰苦奋斗，顽强不屈，奋不顾身……尤其是与人民群众的血肉相连，一切为了最广大人民的根本利益。

一、 凤凰山麓诞生抗战大智慧

凤凰山位于延安城中心，是延安"四大名山"（清凉山、宝塔山、万花山、凤凰山）之一，因"叶生吹箫引凤"的传说而得名，古往今来堪称延安一大名胜之地。位于延安城北门内凤凰山麓的凤凰村，是中共中央到达延安的第一站。正是从这里，中共中央开始了在延安的 13 个春秋，改变了华夏大地的历史。

凤凰山麓有毛泽东旧居，毛泽东曾在这里会见白求恩大夫。这里还有红军总参谋部旧址、朱德旧居、刘伯承旧居等。1937 年 1 月，中共中央由保安迁到这里，在此先后召开了政治局扩大会议、全国代表大会、扩大的六届六中全会等重要会议。毛泽东在这里写下了著名的《实践论》、《矛盾论》、《论持久战》等光辉著作。虽然中共中央和毛泽东在这里居住的时间并不长，但是却在这里为中国的抗日战争指明了方向。

1937 年七七事变之后，抗日战争全面爆发。在战争不断扩

七七事变中奋起抵抗的第29军

大的过程中,关于抗战前途的论调,国内开始出现了"亡国论"和"速胜论"这两种截然不同的错误观点。在国民党内,有人叫嚷"战必败"、"再战必亡"等论调;有人则幻想依靠外援迅速结束战争。在共产党内,也有一些人冀望于国民党正规军的抗战,轻视游击战争。1938年4月上旬,国民党军队在台儿庄取得歼灭日军2万余人的胜利。这对稳定国民党部队的军心,缓解其"恐日病"有一定的积极作用。但是,一部分人却也被这一胜利冲昏了头脑,大肆宣扬这是"中华民族复兴的新象征",以为只要打几个台儿庄战役式的胜利,就能抵挡住日本侵略者,取得抗日的迅速胜利。但是,在国民党组织的更大规模的徐州会战和武汉会战相继以失败而告终之后,"亡国论"又乘机抬起头来。

抗日战争的发展前途究竟如何?这一时成了人们关注的

问题。

为了澄清"亡国论"和"速胜论"所引起的思想混乱，毛泽东于1938年5月26日至6月3日，在延安抗日战争研究会上发表了《论持久战》的重要演讲。他分析了中日两国的社会形态、双方战争的性质、战争要素的强弱状况、国际社会的支持与否，指出抗日战争是持久战，最后的胜利属于中国。他还科学地预见到抗日战争必将经过战略防御、战略相持、战略反攻三个阶段。他指出，"战争的伟力之最深厚的根源，存在于民众之中"，主张进行广泛的热烈的政治动员，解决兵源、财源等困难问题，达到"官兵一致，军民一致，瓦解敌军"的目标。这是抗战时期中国共产党反对国民党片面抗日，主张全面抗战思想的集中表述。中国共产党领导的抗日武装及抗日根据地的不断扩大，充分说明了这条抗战路线的正确性。

为了写《论持久战》，毛泽东连续奋战9天，有时整夜的不

毛泽东在延安窑洞撰写《论持久战》

睡觉,两只眼布满了血丝,饭也吃得很少。看到这种情况,大家都劝他要注意休息,可毛泽东却始终只顾着埋头写他的《论持久战》。经过刻苦学习和深入研究,才得以把丰富的革命实践经验升华为理论概况,回答了当时许多人无法回答的问题。

《论持久战》发表以后,在全国各地,包括国民党统治区迅速地传播开来,从思想上、理论上武装了全党、全军和全国人民,极大地鼓舞了广大军民争取抗战胜利的信心和决心。白崇禧看了《论持久战》之后,认为是"一部军事巨著,是克敌制胜的最高战略方针",因而积极向国民党最高统帅蒋介石推荐。在蒋介石的认可下,白崇禧把《论持久战》的精神归纳成两句话:"积小胜为大胜,以空间换时间。"在征得周恩来的同意后,以国民党军委会的名义通令全国,把《论持久战》作为全国抗战的指导思想。

值得一提的是,国民党军委会政治部部长陈诚,他是黄埔军校出身,恃才自傲。周恩来向他介绍了《论持久战》的基本思想,并送给他一本《论持久战》单行本。他一开始认为这是毛泽东故意炒作的,因而不屑一顾。1938 年 10 月下旬,武汉失守,继而长沙沦陷,抗战形势的发展确如毛泽东所预见的那样,陈诚才意识到抗战的艰巨性、复杂性和持久性,于是重新捧起《论持久战》仔细研读。他被毛泽东的精辟分析和科学预见所折服，结合战例在该书的书眉上写了许多批注，并特地请周恩来到湖南衡山给军官训练学员讲授毛泽东的《论持久战》和《抗日游击战争的战备问题》。这本有陈诚批注的《论持久战》至今仍存放在台北陈诚私人图书馆里。

而时任中国战区参谋长的美国将军史迪威看了《论持久战》之后，也给予很高的评价，他说这是一部"绝妙的教科书"。

在抗日战争进入相持阶段后，日本对国民党政府采取以政治诱降为主，军事打击为辅的方针，国民党在重申坚持持久抗战的同时，其对内对外政策发生重大变化。在这种情况下，毛泽东适时地提出，只有动员和依靠群众才能坚持抗战，并使抗战的胜利成为人民的胜利。与国民党实施的片面抗战路线不同，毛泽东一开始就主张实行全面抗战的路线，即人民战争路线，他指出这两条不同的抗战路线的存在就是一切中国问题的关键所在。

冀中民兵大摆地雷阵

在国民党对内政策发生极大改变,破坏统一战线,而正是抗日战争的关键时期,毛泽东一方面积极尽力进一步争取挽救统一战线,另一方面,带领、组织中国共产党在陕北洛川召开政治局扩大会议,制定了《抗日救国十大纲领》,即:

(1) 打倒日本帝国主义;

(2) 全国军事总动员;

(3) 全国人民总动员;

(4) 改革政治机构;

(5) 实行抗日的外交政策;

(6) 实行为战时服务的财政经济政策;

(7) 改良人民生活;

(8) 实行抗日的教育政策;

(9) 肃清汉奸卖国贼亲日派,巩固后方;

(10) 实现抗日的民族团结。

这十大纲领全面地概括了中国共产党在抗日战争时期的基本政治主张,是共产党全面抗战路线的具体化,给全国人民指明了争取抗战最后胜利的道路。

在抗日战争进入相持阶段后,为了进一步加强抗日根据地的建设,毛泽东提出"三三制"的民主政权建设方针,实行减租减息,发展生产政策,举行各种文化建设与文化教育活动,推进大后方的抗日民主运动和进步文化工作,更深层地阐明了新民主主义理论,开展整风运动,确立实事求是的思想路线,不断加强中国共产党的自身建设。

延安中国抗日军政大学校门

1945年9月3日,持续14年之久的抗日战争,经过中国共产党和全国人民的英勇抵抗与不屈的斗争,终于取得了圆满的胜利。

106

在前线指挥百团大战的彭德怀 　　　　　　　　　　　　八路军抗日中缴获的武器弹药

二、一手拿枪、一手拿锄

　　"花篮的花儿香,听我来唱一唱……"每当人们听到这甜美的歌声,就自然地会想到当年南泥湾那稻浪滚滚、牛羊成群的陕北"江南"的景象,想到解放区军民热火朝天的大生产运动。

　　1938年秋,抗日战争进入相持阶段,国民党政府在正面战场的几次会战损失巨大,虽然迟滞了日军的大进攻态势,彻底打乱了日本侵略中国的军事部署,但是也导致中国社会各党派、各阶层中普遍存在着对抗日前景悲观失望的情绪,国民党积极抗日的政策至此也开始出现动摇,在日本军国主义诱降分化政策的影响下,1939年1月,国民党五中全会制定了"溶共、防共、限共、反共"的政策。会后颁布了《异党问题处理办法》、《陕甘两省防止异党活动联络办法》等反共文件。为配合其反共政策,国民党不断向陕甘宁边区周围增加兵力,加强军事封锁。

1939 年 11 月,国民党又召开五届六中全会,实行把"政治限共为主"改变为"军事限共为主"的政策,并发出进攻八路军、新四军的密令,蓄意制造反共摩擦。

1940 年,蒋介石调集以嫡系胡宗南部为主的大批部队(最多时总兵力达 50 万人),分驻在边区周围各县,形成北起府谷、横山,西至宁夏、甘肃,南接泾水,东到黄河的 5 道包围封锁线(北边 2 道,南边 3 道)。在这几道封锁线中,靠近边区周围的封锁线特别严密,不仅含野战工事、永久工事,而且每隔一定距离,依靠地形筑有碉堡,重要地段上由胡宗南的正规军把守。北边第一道封锁线上的碉堡有 4 500 多个,南边第一道封锁线上的碉堡有 6 300 多个。仅洛川至黄陵间 80 华里的地段,就有 518 个碉堡。还在边区周围增修了 20 多个飞机场。为了对边区实行经济封锁,国民党政府在进出边区的大小路口,设立哨卡,严密监控,切断了边区同外界的一切联系,并采取各种办法干扰和破坏边区的财政经济。

与此同时,日本侵略者也连续向抗日根据地发动大规模的"扫荡",实行极其野蛮的"抢光、烧光、杀光"的三光政策,妄图从根本上摧毁根据地军民生存的条件。

日军"蚕食"抗日根据地修筑的碉堡

　　国民党和日本侵略者的军事封锁、军事蚕食、经济封锁，对陕甘宁边区的经济产生了深刻的影响。当时，边区地广人稀，土地贫瘠，仅有 140 万群众，要担负起几万干部、战士和学生的吃穿用，实在是一件难事。正如毛泽东说的那样："我们曾经弄到几乎没有衣穿，没有油吃，没有纸，没有菜，战士没有鞋袜，工作人员在冬天没有被盖……我们的困难真是大极了。"

　　在这严峻的历史关头，1939 年 2 月，毛泽东在延安生产动员大会上针对根据地日益严重的经济困难局面，提出了"自己动手"的口号。随后各根据地逐步开展了大生产运动。抗日战争进入最困难的时期后，1943 年 10 月 1 日，中共中央在《开展根据地的减租、生产和拥政爱民运动》的指示中，要求各根据地实行"自己动手、克服困难（除陕甘宁边区外，暂不提'丰衣足食'口号）的大规模生产运动"。之后，"自己动手，丰衣足食"的口号作为各根据地克服经济困难，实现生产自给的努力目标。新中国成立后，当全国或某个地区出现经济困难的时候，这个口号一直是党和政府鼓励人民生产自救的行动号令。

解放区军民在中共中央和毛泽东的亲自领导下，开展了南泥湾、槐树庄、大风川等地的屯田大生产运动。王震率领的 359 旅开赴南泥湾实行军垦屯田。

晋察冀抗日根据地的妇女自卫队

南泥湾位于延安城东南 45 公里处,本来是人烟稠密、水源充足、土地肥沃、生产和经济都十分繁荣的好地方。但到了清代中期,统治者挑起回、汉民族纠纷,使其互相残杀,这里也变成野草丛生、荆棘遍野、人迹稀少、野兽出没的荒凉之地。

1940 年 5 月,朱德从前线回延安后,面临敌人要"困死、饿死八路军"的边区封锁和严重的经济困难,于是去了一趟城东南近百里外的荒山野岭。因为土地太肥沃,野蒿居然长到一人多高。朱德带人经过土壤、水质、森林资源的勘察,向毛泽东汇报了开垦南泥湾以增产粮食,并建议调 359 旅屯垦。毛泽东连声称赞,

延安干部学校学员在开荒

并补充说,延安的中央机关、军委机关、学校和留守部队都要抽人进去,还可以动员逃难到边区的外地农民也进去,在那里开荒种地,安家落户。

1941年春,八路军120师359旅在旅长兼政委王震的率领下,奉命开进南泥湾,披荆斩棘,开荒种地,风餐露宿,战胜重重困难。1942年,生产自给率达到61.55%;1943年,生产自给率达到100%;到1944年,359旅共开荒种地26.1万亩,收获粮食3.7万石,养猪5 624头,上缴公粮1万石,达到了"耕一余一"。广大官兵硬是用自己的双手和汗水,将荒无人烟的南泥湾变成了"平川稻谷香,肥鸭遍池塘。到处是庄稼,遍地是牛羊"的陕北好"江南"。

359旅进驻南泥湾后,响亮地提出了"在深山密林安家,向荒山野岭要粮"的战斗口号。开荒没有农具,他们就发动战士找废铁,自己制造农具;没有房子住,就地搭窝棚、挖窑洞,甚至野外露宿;粮食不够吃,就挖野菜、采野果、打猎充饥……

为了提高劳动效率,359旅还经常开展开荒竞赛,大家你追我赶,大生产的热潮一浪高过一浪,整个南泥湾沸腾了。山巅上、沟岔里,到处是劳动的大军,"哼唷,哼唷……"的劳动号声此起彼落。

在大生产运动中,毛泽东、朱德、周恩来、任弼时、董必武、陈云等中央领导也和大家一样,亲自参加劳动。毛泽东、朱德带头开荒种地。时任中央组织部部长的陈云和大家一起挑粪积肥,有几个年轻人嫌大粪臭不愿挑,他就担起担子挑,还风趣地说:"大粪不臭,是香的。"年轻人听了都笑了,陈云解释说:"大粪不是香的?用它去肥田,长出的新鲜蔬菜和瓜果不就变成香的了吗?"党中央领导同志的模范带头作用,有力地推动了大生产运动的开展。

359旅的英雄们战天斗地,不仅超额完成了生产任务,而且还用辛勤的劳动使南泥湾变成了"牛羊满山猪满圈,肥鸭满塘鸡满院,粮食大丰收,瓜果堆如山"的陕北好"江南"。

1943年3月,延安文艺界劳军团和鲁艺秧歌队80多人赴南泥湾劳军,贺敬之作词、马可谱曲的歌舞《挑花篮》唱道:"陕北的好江南,鲜花开满山,开(呀)满山;学习那南泥湾,处处是江南,又战斗来又生产,359旅是模范。"从此脍炙人口的名歌《南泥湾》诞生,后经著名歌唱家郭兰英一唱,唱遍了大江南北,唱得家喻户晓,都知道陕北还有个好"江南"——南泥湾。

大生产运动的开展,使解放区克服了严重的物质困难,粉碎了敌、伪、顽的封锁,为争取抗战胜利奠定了物质基础,密切了党政军民关系,树立了自力更生、艰苦奋斗的延安精神,积累了经济建设的经验,培养了经济工作干部。

三、窑洞里的马克思主义

延安的窑洞是朴实的,朴实得如同一捧黄土。不事张扬,从不炫耀,与黄土浑然一体,它背靠高山,脚踩大地,坚固牢靠,岿然不动。但是,从某种意义上说,延安窑洞是一种精神,那就是艰苦朴素、艰苦奋斗、顽强不屈……尤其是与人民群众血肉相连的延安精神。

一说起延安,人们都会感到分外亲切,油然而生敬意。这不仅是因为延安在革命战争年代曾是中国共产党的指挥中枢和战略后方,中共中央和毛泽东主席在这里运筹帷幄,作出了关系中国革命前途命运的一系列重大决策,为夺取全国政权奠定了坚实基础;还因为,这片神奇的土地,孕育了伟大的延安精神。延安精神是中国共产党的传家宝,是中华民族宝贵的精神财富。

在杨家岭的窑洞里,摆放着一张木床、一个小木方凳、一个装衣服的木箱了、一个旧书架、一张饭桌大小的旧方桌、个砚台、一叠白纸,这就是毛泽东办公、思考和彻夜秉烛读书的地方。就在这里,他在酝酿着前线将士如何冲锋陷阵;就在这里,一篇又一篇讨伐国民党反动派掀起的反共浪潮的檄文,猛烈地刺向国民党反动派的心脏;就在这里,他在时刻关注着风云变幻的国际局势。而在更多的时间里,他在寻找如何使山沟沟里出现真正的马克思主义成为可能。

走自己的路,这是毛泽东的一贯主张,而正确地认识国情,又是中国革命的关键。于是在延河岸边,不时出现他高大的身影,田间地头,是他经常深入实际寻找答案的场所。特别是在延安时期兴起的实事求是的调查之风,是认识国情的一次重要的运动。一时间,收集敌友我三方关于政治、军事、经济、文化等方面的情况,了解城市各阶层的经济情况、政治需要及其相互关系,认识各阶层的代表人物,收集县志、府志、省志、宗谱等进行深入而又细致的调查,成为全党上下的一股风气。

在调查研究、深入了解中国国情的基础上,构建符合中国革命特点的马克思主义理论大厦又是至关重要的。于是在毛泽东的床边案头,随处可见《资本论》、《社会主义从空想到科学的发展》、《列宁选集》、《国家与革命》、《理论与策略》、《论列宁主义基础》、《论列宁主义的几个问题》、《马克思恩格斯列宁斯大林论艺术》、《两个策略》、《"左派"幼稚病》等书籍。通过反复阅读这些书籍,渗透着马克思主义思想火花的理论巨著不断问世——《矛盾论》、《实践论》、《中国革命战争的理论问题》等,成为指引中国人民前进的光辉文献。可以说延安时期是毛泽东著书立说、阐

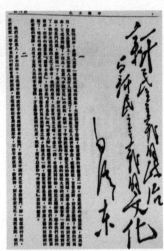

毛泽东的著作

毛泽东的著作

116

发思想最活跃的年代。在《毛泽东选集》第 1—4 卷中收入的著作有 159 篇,其中就有延安时期写的 112 篇,占了 70%。

今天,当我们再去捧读这些光辉著作时,恐怕不会有多少人了解这些著作诞生背后的故事了。西北高原的冬天是寒冷的,到了夜晚,气温下降,狂风怒吼着,挟裹着大片大片的雪花扑向窑洞,寒气袭人,令人难耐。伏案疾书的毛泽东双手冻得冰凉,但他放下笔,搓搓手,跺跺脚,再继续写……

当时的延安还没有电,毛泽东等中央领导夜晚工作和写作只能用蜡烛来照明,既昏暗,烛光又跳动,很容易使眼睛疲劳。每当长时间在烛光下写作感到两眼酸胀疼痛时,毛泽东只是停下来,揉揉眼睛,点上一支烟继续写下去。一夜过后,他总会沾上一脸的烟尘。

后来周恩来派人从重庆带回一盏有玻璃罩的煤油灯,这种灯当时俗称"美孚灯",比烛光亮多了。毛泽东对这盏灯非常满意,幽默地说:"鸟枪换炮了。"

毛泽东的勤务员知道这盏灯是他的心爱之物,每天往煤油灯里加油时,总是把玻璃罩擦得干干净净,擦的时候还特别小心,生怕把它弄坏了。后来有一首革命歌曲《战士歌唱东方红》,其中有几句还这样唱道:"毛主席窗前一盏灯,春夏秋冬夜长明。伟大领袖窗前坐,铺开祖国锦绣前程。"直到今天,这盏小小的油灯仍然承载了许多人对杨家岭时期毛泽东美好形象的历史记忆。

在延安问世的著作中,毛泽东精辟地阐述了中国以农民为主要力量,以反帝反封建为主要任务的革命道路、党的建设、统一战线、武装斗争、战略策略等一系列根本问题,毛泽东思想解决这些问题的理论观点,是"无论在哪一部共产主义书本里都找不到的",它既是马克思主义的,又完全是中国的。

1945年是很不寻常的一年。世界反法西斯战争已处于最后胜利的前夜。中国的抗战也已经露出了胜利的曙光。在德国法西斯面临彻底覆灭和中国抗战接近胜利的前夜,1945年4月23日至6月11日,中国共产党第七次全国代表大会在延安杨家岭中央大礼堂隆重召开。中共六大是1928年在莫斯科召开的。从1928年到1945年,人们已经期待了17年。

这座别具风格的大礼堂是中央机关的工作人员为迎接七大而自己动手修建的。出席大会的正式代表544人,候补代表208人,代表全国121万名党员。在暴风雨般热烈的掌声中,毛泽东作了《两个中国之命运》的开幕词。在开幕词中,毛泽东阐明中国面临着两个前途和两种命运的斗争,党的任务是要用全力去争取光明的前途和光明的命运,反对另外一种黑暗的前途和黑暗的命运。

　　第二天，毛泽东在会上作了《论联合政府》的政治报告。报告阐明了中国共产党解决中国问题的纲领和政策。在之后的一个多月里，朱德、周恩来、刘少奇分别作了《论解放区战场》、《论统一战线》、《关于修改党章的报告》等几个重要报告。

中共七大上的刘少奇　　　　《关于修改党章的报告》

　　其中在刘少奇所作的《关于修改党章的报告》中，提出在党章的总纲上规定："以马克思列宁主义的理论与中国革命的实践之统一的思想——毛泽东思想，作为我们党一切工作的指针。"确立毛泽东思想在全党的指导地位，是七大的历史性贡献。

第七章 一切反动派都是纸老虎——解放战争

抗日战争胜利后,中国人民迫切渴望一个和平安定的环境,休养生息,重建家园。

然而,中华民族经过浴血奋战赢得抗日战争胜利后,又面临着建什么国的斗争。中国共产党从人民的利益出发,主张团

美国飞机空运国民党军,抢占大城市

1945年8月28日，毛泽东、周恩来、王若飞等飞赴重庆

结一切爱国民主力量，通过和平的途径来建设一个独立、民主、富强的新民主主义中国。与此相反，代表大地主大资产阶级利益的国民党统治集团，依靠美国政府的支持，企图抢夺抗战胜利果实，用内战的方式来剥夺人民已经取得的权利，使中国社会退回到抗战前一党专制独裁的反动统治。一场关系中国走向光明还是黑暗的大决战不可避免。

毛泽东、蒋介石在重庆谈判时的合影

　　经过43天复杂而艰苦的

谈判,国共双方于 1945 年 10 月 10 日正式签署会谈纪要,即
《双十协定》。国民党当局表示承认"和平建国的基本方针",同
意"长期合作,坚决避免内战,建设独立、自由和富强的新中
国",召开政治协商会议等。但双方在人民军队和解放区政权
两个根本问题上未能达成协议。

然而,《双十协定》并没有为中国争取到和平民主,南京国
民政府很快撕毁了中国人民期盼已久的和平民主,内战爆发。

一、一切反动派都是纸老虎

抗日战争胜利后,国民党政府迫于形势,承认了"和平建
国"的方针,但它仍然企图通过发动内战来消灭人民革命力量。

重庆谈判时国民党秘密印发的
《剿匪手本》

蒋介石在重庆谈判期间,曾
秘密指示各战区司令长官:
"(目前与中共谈判)乃系窥
测其要求与目的,以拖延时
间,缓和国际视线,俾国军抓
紧时机,迅速收复沦陷区中
心城市。待国军控制所有战
略据点、交通线,将寇军完全
受降后,再以有利之优越军

事形势与奸党作具体谈判。彼如不能在军令政令统一原则下屈服,即以土匪清剿之。"何应钦和蒋介石,还分别于 1945 年 8 月 29 日、9 月 17 日密令各战区印发蒋介石在 1933 年"围剿"红军时编纂的反共手册《剿匪手本》。《双十协定》刚刚签订,10 月 13 日,蒋介石就密令国民党军队将领遵照《剿匪手本》,"督励所属,努力进剿,迅速完成任务"。

重庆谈判完全是国民党为了调整战略部署而导演的一出戏,因此内战的爆发是不可避免的。1946 年 6 月,国民党进攻中原解放区,全面内战爆发。当时,国民党在军队数量、军事装备、后备资源及外来援助等方面,都明显超过中国共产党。国民党军队的总兵力约 430 万,而且拥有装备较好的陆、海、空军;人民解放军的总兵力只有 127 万,不仅没有海军和空军,而且陆军装备也很差。国民党政府统治着约占全国 76% 面积、3.39 亿人口的地区,控制着几乎所有的大城市和绝大部分铁路交通线,拥有全国大部分近代工业和人力、物力资源;而解放区的土地面积只占全国的 24%,人口约 1.36 亿,基本上依靠传统的农业经济。

此外,国民党得到美国的经济和军事援助,中国共产党在国际上没有得到任何公开的支持。尤其是,美国是当时世界上

美国军舰运送国民党军抢占沿海港口

唯一一个拥有原子弹的国家。1945 年 7 月初,被分别命名为"大男孩"、"小男孩"和"胖子"的 3 枚原子弹终于制造出来。7月 16 日凌晨,"大男孩"轰然炸响,一个蘑菇状的大圆球突然升到了 10 000 英尺以上的高空,爆炸核心的铁塔也在瞬间被高温蒸发得无影无踪!这场爆炸超出了现场所有人的想象,以至于整个美国西南部都感到了爆炸的震撼。1945 年 8 月 6 日、7 日,美国在日本的广岛和长崎投下了两颗原子弹,其威力更是震惊了全世界。因此,对处于劣势的中国共产党及其领导的人民军队能否打败国民党的进攻,许多人存在怀疑和顾虑。

在这种严峻的形势面前,针对一些人对国际形势产生悲观估计和不敢用革命的手段反击国内反动派进攻的倾向,毛泽东发表了"一切反动派都是纸老虎"的著名论断,这是他在与美国记者安娜·路易斯·斯特朗的谈话中提出的。

1946 年 8 月 6 日,在雨后初晴的延安杨家岭,毛泽东接受了美国记者斯特朗的采访。陪同斯特朗前去的,是中共中央宣传部部长陆定一和担任临时翻译的美国医生马海德。为了表示礼貌,毛泽东特意穿了件稍好的蓝布衣服。他们坐在窑洞前苹果树下的一张石桌周围,娓娓而谈。

　　毛泽东先向斯特朗询问了许多美国国内的情况,然后同她就国际国内形势作了重要交谈,其中心点就是"一切反动派都是纸老虎"。毛泽东通过列举俄国沙皇、德国希特勒、意大利墨索里尼和日本帝国主义的例子,说:"一切反动派都是纸老虎。看起来,反动派的样子是可怕的,但是实际上并没有什么了不起的力量。从长远的观点看问题,真正强大的力量不是属于反动派,而是属于人民。"斯特朗问到如何看待美国使用原子弹时,毛泽东回答:"原子弹是美国反动派用来吓人的一只纸老虎,看样子可怕,实际上并不可怕。当然,原子弹是一种大规模屠杀的武器,但是决定战争胜败的是人民,而不是一两件新式武器。"最后谈到蒋介石发动的这场大规模内战的前景,毛泽东充满信心地说:"拿中国的情形来说,我们所依靠的不过是小米加步枪,但历史最后将证明,这小米加步枪比蒋介石的飞机加坦克还要强些。虽然在中国人民面前还存在着许多困难,中国人民在美国帝国主义和中国反动派的联合进攻之下,将要受到长时间的苦难,但是这些反动派总有一天要失败,我们总有一天要胜利。这原因不是别的,就在于反动派代表反动,而我们代表进步。"

1947年5月,上海出版的《文萃》译载了毛泽东与斯特朗的谈话

毛泽东关于"一切反动派都是纸老虎"的论断一经提出,立刻传遍国内外,深入人心,产生了令人们意想不到的巨大力量,从理论上武装了中国共产党人和中国人民,使他们极大地增强了同帝国主义支持的国民党反动派作斗争的勇气和信心。这篇谈话后来编入《毛泽东选集》第4卷,题为《和美国记者安娜·路易斯·斯特朗的谈话》。

毛泽东提出的"一切反动派都是纸老虎",并不是狂妄自大,轻视敌人,而是他一贯主张"战略上藐视敌人,战术上重视敌人"的体现。战略是主要指导战争全局的方略,即战争指导者为达成战争的政治目的,依据战争规律所制定和采取的准备和实施战争的方针、策略和方法,而战术即具体战斗中使用的策略。二者是相辅相成的两个概念,谁都离不开谁。战略是相对于战术而言的,战术是相对于战略而言的。理解了战术就容易理解战略,反过来也一样。

早在 1936 年 12 月,毛泽东在红军大学所作的《中国革命战争的战略问题》演说中就指出:"我们的战略是'以一当十',我们的战术是'以十当一',这是我们制胜敌人的根本法则之一。""我们是以少胜多的——我们向整个中国统治者这样说。我们又是以多胜少的——我们向战场上作战的各个局部的敌人这样说。"1948 年 1 月 18 日,毛泽东在为中共中央起草的决议草案《关于目前党的政策中的几个重要问题》中又说:"当着我们正确地指出在全体上,在战略上,应当轻视敌人的时候,却决不可在每一个局部上,在每一个具体问题上,也轻视敌人。"这些论述后来被概括为"战略上藐视敌人,战术上重视敌人"口号,成为毛泽东战略和策略思想的集中表达。

1960 年,斯特朗在《一个现时代的伟大真理》一文中,回忆起这次谈话时说:"毛主席是十四年前在延安时说帝国主义和一切反动派都是纸老虎的。现在这已成为有历史意义的历史名言了。""毛主席的一针见血的语句,渊博的知识,敏锐的分析和诗人的想象力,使他的谈话成为我一生中听到的最有启发性的谈话。"

二、 毛泽东唱"空城计"

《三国演义》中诸葛亮巧施"空城计"的故事家喻户晓。据史书记载,历史上的诸葛亮并未用过"空城计",只是作者为了烘托诸葛亮这个人物形象,以艺术手法添加了"空城计"这个情节。

毛泽东作为伟大的军事家、革命家,在领导中国人民进行伟大的人民革命战争的过程中,却多次导演了真正的"空城计",每每化险为夷,绝处逢生,显示了他的大智大勇、非凡胆略。

1946 年 7 月,蒋介石在美国的支持下,发动了反人民的全面内战。内战初期,人民解放军主动放弃承德、张家口等 100 多座城市,采用运动战为主要作战方法,以歼灭敌人有生力量为主要目标,在短短 8 个月的时间内,歼敌 71 万多人,粉碎了敌人的全面进攻。

为了摆脱战线日益延长而兵力日益不足这种被动的困境,蒋介石缩小进攻的正面,在东北、晋察冀、晋冀鲁豫战场上停止进攻,而孤注一掷,调集了约 70 万的兵力,于 1947 年 3 月,开始对陕甘宁解放区和山东解放区发动了所谓的"重点进攻",企图先控制这两个地区,再集中兵力解决华北和东北。蒋介石发了狠心,严厉要求部属一定要对"匪军老巢"延安实行"犁庭扫穴,切实占领"。蒋介石命令他的亲信胡宗南,集合 15 个旅、14 万人,加上宁夏、青海、榆林等地部队,共计 23 万人,组成南、西、北三个集团,疯狂向延安扑来,妄图消灭党中央和人民解放军总部。

进攻延安的主力是胡宗南的部队。作为蒋介石的亲信,在抗战期间,胡宗南的部队并没有怎么参加正面战场的对日作战,而是作为蒋介石牵制中共的一支主要的战略预备部队,一直留在西北。抗战进入相持阶段以后,胡宗南就不停地制造摩擦,封锁陕甘宁解放区。抗战后期,胡宗南部队开始优先大规模地装备美国支援的美式武器,一时间显得兵强马壮,好不威风!胡宗南对自己的实力也颇为自信,仗着装备精良,配有飞机、大炮和坦克,又经过长时期整训补充,气焰十分嚣张,竟然发出"三天占领延安"的狂言。

当时,陕北的解放军以西北野战军为主,一共只有 2 万余人,基本上是小米加步枪。面对兵力十倍以上于我的敌人的进攻,中共中央当机立断,决定以退为进,主动撤离延安,制定了诱敌深入,集中优势兵力,在运动战中消灭敌人有生力量的作战方针。毛泽东高瞻远瞩、运筹帷幄。他一针见血地指出蒋介石阿Q精神十足，以为占领了延安，自己就胜利了。但实际上，只要他一占领延安，他就输掉了一切。因为那样的话，全国人民以至于全世界人民就都知道了是蒋介石背信弃义，破坏和平，发动内战，祸国殃民，不得人心。

不过毛泽东仍然强调：延安是我们的，我们在这里开了窑洞，种了小米，学了马列主义，我们必须用坚决战斗的精神保卫延安。延安地形险要，群众基础好，回旋余地大，有党中央的直接领导。他预言，少则一年，多则两年，延安必定回到人民手

解放军战士宣誓保卫解放区

中。他指出暂时放弃延安,无损于人民解放战争的大局,只要我们消灭了敌人的有生力量,就有可能收复失地,并夺取更多的新的地方。今天放弃延安,意味着将来要解放西安、解放南京、解放全中国。毛泽东的精辟分析,拨亮了人们心中的明灯,极大地鼓舞了人民和战士,增添了战斗的勇气和胜利的信心。

在中共中央的统一领导下,西北局多次召开群众大会,广泛地进行动员。延安军民同心同德、同仇敌忾,开始了紧张、镇定而有秩序的转移和坚壁清野。

1947年3月13日拂晓,延安上空响起了空袭警报。国民党出动几十架飞机对延安地区进行大轰炸。西北野战军迅速展开防御,延安保卫战正式拉开了帷幕。

西北野战军司令员彭德怀、政治委员习仲勋亲临前线指挥,全军誓死保卫党中央,保卫延安,保卫毛主席。他们奋力同十倍于我的敌人进行了顽强的殊死拼搏。尽管武器装备、人数都与敌军差距很大,但战士们都有一个信念:多坚持一分钟,中央机关和军民的安全转移就多一分保障。就这样,从3月13日到18日,整整6天6夜,这些无私无畏、英勇顽强的战士们,硬是用自己的鲜血打退了敌人一次又一次的进攻,努力延长守卫时间,保证了党中央和延安军民全部安全转移。

令人敬佩的是,在这7天7夜里,毛泽东始终坚守在延安王家坪的窑洞里,指挥前线的战斗。17日清晨,国民党几十架飞机再次对延安地区进行大规模轰炸,延安顿时成为一片火海。有一颗重磅炸弹在毛泽东所住的窑洞前面爆炸了,气浪冲进居室,冲倒了桌上的热水瓶,毛泽东仍然若无其事地在批阅文件,不说什么时候离开延安。到18日,延安的党政机关和群众基本上疏散完毕,延安城里已经能听到清晰的枪炮声了,毛泽东和周恩来仍在王家坪窑洞里同王震谈撤离延安后的作战方针问题。枪炮声越来越近了,有人劝毛泽东早些走,他说:"走这么早干什么? 我还想在这里看看敌人究竟是个什么样子?"他风趣地说:"把窑洞打扫干净,东西放整齐,让胡宗南知道,延安是我们的,我们还要回来的。"

3月19日,胡宗南占领了延安。但是他为了这块红色土地,付出了5 000人的代价,到头来得到的只是一座空城。

三、用一个延安换了一个全中国

延安是中国红色革命的圣地,中国共产党的"首脑部",人民解放战争的指挥中心。清清延河水,巍巍宝塔山,吸引着千千万万热血青年和爱国民主人士,早已成为蒋介石和国民党反动派的"眼中钉"。

1947年2月起,国民党将对解放区的全面进攻转为重点进攻,战火直指中共中央所在地延安。3月,国民党胡宗南部动用飞机和重炮对延安城狂轰滥炸,地面部队随之逼近。蒋介石铁定心思要占领延安,是要以此向外界宣布:"共产党完蛋了!"然而,中共中央决定暂时放弃延安,就是要以此揭穿蒋介石"背信弃义、破坏和平"的险恶用心。

　　毛泽东自信地对保卫延安的部队领导干部说:"请告诉大家,少则一年,多则两年,我们还要回到延安来的,我们拿一个延安城换一个全中国。"

陕北转战中的毛泽东在山西临县碛口下船

延安大学中共党史研究院院长高尚斌教授指出："不同于长征的是,长征是第五次反'围剿'失败后,红军被迫选择的战略转移,而毛泽东撤离延安转战陕北却是一种主动的选择。"

中共中央做出主动撤出延安的决定后,很多军民无法接受,纷纷请战,表示坚决保卫毛主席,保卫党中央,保卫延安。

面对这种高昂的士气,毛泽东点点头,微笑着说:"这个决心很好啊!延安是革命圣地,我们在这里住了 10 年,挖了窑洞,种了小米,学了马克思列宁主义,培养了干部,指导了全国革命。全中国、全世界都知道有个延安。延安不能不保,但是,延安又不可保。"

说到这里,毛泽东停顿了一下,目光缓缓地扫视着在座的各位同志,接着说:"据陕北目前的情况看,敌人来势很猛,兵力很集中。我们兵力没有他们多,不容易一下子消灭他们这样一个大坨坨。因此,中央决定暂时把延安让给它。"

室内静悄悄的,空气仿佛在这一瞬间凝固了。从毛泽东说的暂时放弃延安的话语里,大家感觉到了形势的严峻。毛泽东站起身来问:"我们要暂时撤离延安,战士们有些什么想法?"

刚调回延安的新4旅第16团团长程悦长说:"主席,战士们历来坚决拥护党中央的决定,只要党中央下命令,战士们就保证绝不让敌人跨进延安一步。"

听了这话,毛泽东开心地笑了。他像是猜透了大家的心思,进一步问道:"你们自己有些什么想法呢?"

"一枪不放,就把延安让给敌人,真是不甘心啊!"新4旅副旅长袁学凯说。他似乎在表白自己的想法,也好像是代表大家说话。

毛泽东禁不住开怀大笑起来,踱了两步,说:"你们可以放几枪呀,大家完全可以放几枪'欢迎'胡宗南嘛!也告诉在南京的蒋委员长,我们走了,延安这个包袱,送给他们背上吧。"毛泽东说着,打了一个手势。他的诙谐和形象的比喻,把大家都说笑了,屋里的气氛又开始活跃起来。

停了片刻,毛泽东坐回了原来的位置,说:"延安是党中央、中央军委和解放军总部的驻所,是革命的圣地,我们要主动放弃它,战士们是会有些想法的。但是,一定要给大家讲清楚,我军作战历来不在于一城一地的得失,重要的是消灭敌人的有生力量。存人失地,人地皆存;存地失人,人地皆失,这是古往今来显而易见的战争规律。"

同志们望着毛泽东,频频点头。

"在五次反'围剿'时,我们有些同志,把不放弃一寸土地的政治口号用在战术上,不看敌人进攻的势头,也不管自己的力量大小,实行分兵把口,'御敌于国门之外',和敌人生杀硬拼,最后被迫不得不进行二万五千里的战略大转移,损失惨重呀!实践证明那样做是错误的。"毛泽东放缓了语气,以第二次国内革命战争的史实为例,作着由浅入深的详细解释。

"我们把延安让给蒋介石,但这只是暂时的。人们将很快就会看到,蒋介石占领延安,决不是他的胜利,而是他失败的开始,我们要拿一个延安换一个全中国。你们回去问问战士们,看大家愿意不愿意这样呢?"毛泽东语调里充满着乐观和自信。

听着毛泽东那精辟入微的话语,看到毛泽东那成竹在胸的表情,在座者都禁不住互相交换着目光和微笑,敬佩和兴奋的心情溢于言表,原来萦绕于脑际的种种疑虑,以及对撤离延安的难以排解的不安和郁闷开始悄悄遁去。

接着,毛泽东分析了各个解放区的战争形势,历数了过去8个月中,蒋介石已经损失60多个旅、71万人的事实。"国民党能用于进攻解放区的机动兵力越来越少了,因此被迫放弃'全面进攻'的做法,改向山东和陕北实行所谓的'重点进攻',企图以此扭转其被动失利的局面。蒋介石气急败坏地进攻延安,丝毫不能说明他的强大,恰恰证明了他已经穷途末路,离灭亡之日不远了。"毛泽东继续说着。

他和蔼地瞅着大家,用商量的口气问道:"你们看,我讲得有没有道理呀?"

同志们兴奋地回答:"主席说得非常明白,我们心里亮堂多了。"

后来,毛泽东无论是外出散步还是开会,路遇延安的老汉、婆姨们,面对

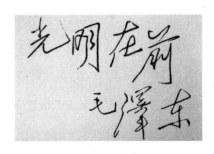

转战陕北途中,毛泽东为延安中学的题词

那些围拢来的带着疑惑的人们,他总是耐心地讲解撤离延安的道理。

胡宗南的部队在1947年3月19日占领延安后,蒋介石兴

高采烈地庆祝了一番,还授予胡宗南一枚勋章,要他立即指挥军队对陕北进行"清剿"。胡宗南受到蒋介石的嘉奖后,更加得意忘形,断定西北野战军已"不堪一击",急于寻找西北野战军主力决战。西北野战军以1个营的小股兵力,佯作掩护主力转移之势,将敌主力5个旅诱到延安以西的安塞地区,而用6个旅的兵力,埋伏在延安东北的青化砭地区,对敌人布下了天罗地网。3月25日拂晓,敌整编27师31旅来犯,进入青化砭伏击圈。西北野战军以绝对优势,突然袭击,只用了一个多小时,全歼敌军3 000余人。青化砭首战告捷,给了骄横的胡宗南当头一棒。之后,西北野战军又连续取得羊马河和盘龙镇大捷。三战三捷,拖住了胡宗南这支蒋介石的嫡系部队,有效地策应了其他战场的人民解放军,并为西北战场的胜利奠定了基础。

1948年4月16日,西北野战军发起西府战役,调动胡宗南部西援宝鸡,使驻守延安的国民党整编第17师孤悬陕北。这个师为免遭围歼,于4月21日弃城南逃,延安军分区游击队进入延安。至此,革命圣地延安被国民党军占领1年1个月零3天后又回到人民手中。5月12日,西府战役胜利结束,延安得以光复,验证了毛泽东少则一年,多则两年,延安必定回到人民手中的预言。

第八章 革命征程的新起点——西柏坡

西柏坡,原本只是一个只有百十来户人家的普通山村,位于河北省石家庄市平山县中部、太行山东麓、滹沱河北畔。它依山傍水,隐蔽幽静,西靠太行山腹地,东向华北大平原,进退自如,攻守兼备。

1948 年 5 月,毛泽东率领中共中央、中国人民解放军总部移驻这里,使这个普通的山村成为"解放全中国的最后一个农村指挥所",成为中国共产党领导全国人民和人民解放军与国民党进

西柏坡中央领导人办公处所俯瞰

行战略大决战,创建新中国的指挥中心。从此,西柏坡以其独特的贡献,成为举世瞩目、令人向往的革命圣地。这个小山村,是毛泽东和中共中央在革命胜利前夕最后一个农村指挥所。在这里,以毛泽东为代表的中共中央创造了中国革命的辉煌。西柏坡也因此彪炳于中国革命史册,竖起一座不朽的历史丰碑。这个被誉为"山沟里的紫禁城"的小村子,不仅是指挥中心所在地,还举行了历史上赫赫有名的中共七届二中全会,这个小山村与井冈山、瑞金、延安等革命圣地齐名,成为中国历史上的红色革命大本营。

一、红色山沟里的"紫禁城"

第二次国内战争进行 2 年多后,人民解放军就粉碎了蒋介石的全面进攻和重点进攻,从战略防御转入战略进攻,并很快开始转入战略决战。根据形势的发展和战局的变化,毛泽东和党中央决定向华北进行战略转移。那么,中共中央和解放军总部设在何处,则是首先要考虑的一个至关重要的问题。既要考虑党中央的安全,又要考虑革命的发展。选址当否,直接关系中国共产党和革命的前途及命运。对于指挥部的选址问题,中央曾根据"向南防御,向北发展"的战略方针,考虑过承德、淮阴、太行山革命根据地,但最终却选择了西柏坡。

为什么偏偏选中西柏坡作为中共中央和解放军指挥部的驻

地呢？这其中还与白毛女的故事有着一定的渊源。1947 年 5 月 3 日,刘少奇、朱德率中央工作委员达到河北省平山县,在听取了晋察冀边区聂荣臻、肖克、罗瑞卿等负责同志的工作汇报后,便与他们一起商定中央总指挥部的地址问题。这时刘少奇想起离开延安时,毛泽东对他讲过"你们到白毛女的故乡去吧! 那里有个西柏坡"。原来,歌剧《白毛女》的原型"白毛仙姑"的传奇故事发生在河北省平山县洪子店、西柏坡和天柱山一带。1945 年,鲁迅艺术学院的师生把传奇故事"白毛仙姑"改编成大型歌剧《白毛女》,为党的七大的召开献上一份厚礼。歌剧《白毛女》上演后,在延安和各解放区产生了巨大轰动。在抗日战争时期,由 2 300 多名平山籍子弟组建的"平山团"调入延安,担任卫戍任务,后又编入 359 旅,在王震将军领导下参加了著名的南泥湾大生产运动。毛泽东了解平山县的党政建设、群众觉悟、自然条件和经济生产等状况,因此,当刘少奇与他分手时,他便自然而然地把西柏坡推荐给了刘少奇。

据《西行漫记》中介绍,当刘少奇、朱德同聂荣臻等一起为中央工委商定选址时,刘少奇忽然想起离开延安时毛泽东曾对他说"你们到白毛女的故乡去吧",于是便问聂荣臻:"白毛女的故乡在哪里?"聂荣臻说:"白毛女的传说出自平山,那里倒是个富饶的地方,连这里的老乡都有这么一句俗话说'阜平不富,平山不贫'。尤其是那卓华河两岸,可是我们晋察冀的'乌克兰'(指富饶的地方)。"

后来,经过认真考察和反复研究,党中央发现西柏坡这个小山村符合既要适当集中,将来中共中央一些机关要来,能放得下;又要交通便利,便于和各解放区的联系;还要考虑安全问题,西柏坡村子较小,后边有个小山好防空,并且离周围村有1公里左右的距离,便于保密。西柏坡的被选中如同历史上每个革命大本营的选择一样,既要着眼于眼前的战争的需要,又要考虑到将来事业的发展需要。

西柏坡具备了这样的条件,解放全中国的最后一个农村指挥所的使命,就落实到它的肩上。在这里,毛泽东和他的战友们调动千军万马,指挥了辽沈、淮海、平津三大战役。周恩来曾颇为感慨地说:"我们是在世界上最小的指挥部里指挥了最大的人民

毛泽东与周恩来在西柏坡

解放战争。"

随着革命形势的发展,中国的军事形势进入了新的历史转折点。中共中央和毛泽东果断决定:同国民党反动派决战。经过讨论磋商,中共中央和毛泽东作出了5年左右(从1946年7月内战爆发算起)从根本上打倒国民党反动派的战略规划,并作出歼敌主力于长江以北的决策,决定把决战的首战场放在东北。

1948年9月8日至13日,毛泽东在西柏坡主持召开了"九月会议"。会议下达了战略决战,绝非全中国的动员令。"运筹帷幄之中,决胜千里之外",毛泽东等中央领导人更是高屋建瓴,胸有成竹,在20多平方米的斗室内,指挥着千军万马,发起了震惊中外的三大战役。

首战辽沈战役,也是三大战役中最为关键的战役,主攻方向选在何处为好? 毛泽东在《关于辽沈战役的作战方针》中明确指出,东北野战军的中心注意力"必须放在锦州作战方面,求得尽可能迅速地攻克该城。即使一切其他目的都未达到,只要攻克了锦州,你们就有了主动权,就是一个伟大的胜利"。

方针既定后,东北野战军于10月1日切断了北宁路,一部分主力进抵锦州城下。10月10日,由华北国民党军组成的"东进兵团"自锦西向通往锦州的要隘塔山发起猛攻。东北野战军

围攻锦州的东北野战军炮群

预先设置在塔山的 2 个纵队顽强阻击,鏖战 6 昼夜,打垮国民党军的数十次冲击,成功地阻止了它的东进。其"西进兵团"出动后,也遭到解放军 3 个纵队的阻击。10 月 9 日起,东北野战军发起对锦州的攻击。经过 31 个小时的激战,迅速攻克了国民党自诩为"第二个凡尔登"的锦州城,生擒了敌军上将"东北剿共"副司令范汉杰。范被俘后感叹道:"锦州好比一条扁担,一头挑东北,一头挑华北,现在中间折断了。""这一着非雄才大略之人是走不出来的。"锦州解放后,解放军又相继攻克长春、沈阳、营口等,迅速解放了东北全境。

为扭转败局,蒋介石两次亲飞沈阳督战,但依然落了个"无可奈何花落去"的惨败下场。

辽沈战役还在激战之际,1948 年 11 月 6 日,解放军又发起了淮海战役。以徐州为中心,东起海州,西至商丘,北起临城(今薛城),南达淮河,解放军对徐州完成了战略包围。中原野战军及华东野战军一部,在宿县西南的双堆集地区包围并歼灭黄维兵团11万人。华东野战军主力在杜聿明指挥的徐州国民党军3个兵团25万人向西突围时,将这股敌人合围于永城东北的陈官庄地区,并歼灭其中的孙元良兵团约4万人。1949年1月,华东野战军发起对杜聿明部的总攻,全歼邱清泉、李弥2个兵团10个军约20万人。淮海战役中,人民解放军经过66天紧张艰苦的战斗,以伤亡11万余人的代价,歼灭国民党军55.5万人,使长江以北的华东、中原地区基本上获得解放。

华东野战军在碾庄围歼黄百韬兵团

东北野战军解放天津

　　辽沈战役的胜利结束和淮海战役的节节胜利,已经使得平津守敌成了惊弓之鸟,能否就地全歼,关系到战略决战能否取得全胜。从12月22日起,人民解放军按照中共中央军委先打两头、后取中间的原则,首先攻克西线的新保安、张家口。1949年

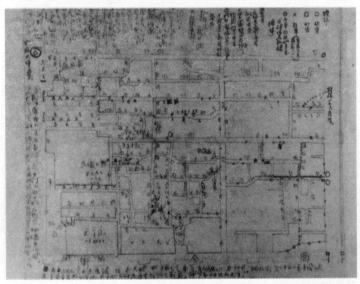

中共北平地下组织绘制的北平国民党军部署图

1月15日,全歼天津国民党守军13万余人,解放天津。经过解放军和中共北平地下党的耐心工作,1月31日,傅作义率部接受改编,北平和平解放,平津战役胜利结束。平津战役历时64天,人民解放军伤亡3.9万人,国民党军队52万余人被歼灭和改编,使华北地区全部获得解放。

人民解放军进入北平城

辽沈、淮海、平津三大战役,历时142天,共争取起义、投诚、接受和平改编与歼灭国民党正规军144个师,非正规军29个师,合计共154万余人。国民党赖以维持其反动统治的主要军事力量基本上被消灭。三大战役的胜利,奠定了人民解放战争在全国胜利的基础。

二、两个务必,发人深省

解放战争中后期,中共中央和解放军总指挥部先后从陕北向华北转移,进驻河北省平山县西柏坡。党中央驻西柏坡时期,三大战役的发动和全面胜利,标志着全国胜利即将来临,同时也预示着党的工作重心将由农村包围城市转入城市领导农村,而

巩固和开创新事业的考验即将成为现实。这样的历史条件,就将胜利之后如何防止"其亡也忽"的悲剧发生很尖锐很现实地提上了党的议事日程。在这种情形下,毛泽东在中共七届二中全会上要求全党在胜利面前保持清醒头脑,提出"两个务必",即务必使同志

毛泽东在中共七届二中全会上作报告

们继续地保持谦虚、谨慎、不骄、不躁的作风,务必使同志们继续地保持艰苦奋斗的作风。

148

毛泽东说在党的历史上，"曾经有过几次表现了大的骄傲，都是吃了亏的"。"第一次是在 1927 年上半年。那时北伐军占领了武汉，一些同志骄傲起来，自以为了不得，忘记了国民党将要袭击我们。结果犯了陈独秀路线的错误，使这次革命归于失败。第二次是在 1930 年。红军利用蒋冯阎大战的条件，打了一些胜仗，又有一些同志骄傲起来，自以为了不得。结果犯了李立三路线的错误，也使革命力量遭到一些损失。第三次是在 1931 年。红军打破了第三次'围剿'，接着全国人民在日本进攻面前发动了轰轰烈烈的抗日运动，又有一些同志骄傲起来，自以为了不得。结果犯了更严重的路线错误，使辛苦地聚集起来的革命力量损失了百分之九十左右。第四次是 1938 年。抗日战争打响了，统一战线建立了，又有一些同志骄傲起来，自以为了不得，结果犯了和陈独秀路线有某些相似的错误。这一次，又使得受这些同志的错误思想影响最大的那些地方的革命工作，遭到了很大的损失。全党同志对于这几次骄傲，几次错误，都要引为鉴戒。"

　　从这种意义上讲，"两个务必"和毛泽东与黄炎培在延安的那次"兴亡周期律"和"民主新路"的著名"窑洞对"有一脉相承的思想渊源关系。

黄炎培是中国近现代著名的爱国主义者和民主主义教育家。抗日战争时期，他组建中国民主政团同盟。由于抗战特别是由于政协的机缘，客观上造成了民盟在全国第三党的地位，使他们中间许多领导人物代表着民族资产阶级的想法，企图在国共对立的纲领之外寻找第三条道路。原本为了联合两党之外的政派团体，作为第三方面、表现自己力量的黄炎培认真阅读了毛泽东的《论联合政府》很有触动，他赞成《论联合政府》的基本主张。他忧心如焚，志愿从事国共谈判的促进工作，协调国共关系，坚持团结抗战，并促成党派会议和联合政府，在国共两党之间斡旋调停，防止内战爆发，对国共谈判做些推动工作。民主党派领导人黄炎培、左舜生、章伯均、冷遹和民主人士褚辅成、傅斯年、王云五7人在6月6日联名致电毛泽东、周恩来，说明他们访问延安的愿望。6月18日毛泽东、周恩来复电，表示欢迎他们到延安商谈。他们又去见了蒋介石，说明他们去延安的意图，蒋介石表示同意。这就有了黄炎培等人的延安之行，引发了毛泽东和黄炎培常谈常新的"兴亡周期律论"和"民主新路"警醒千秋的"窑洞"对话。

　　1945年7月1日，延安机场。毛泽东、周恩来、朱德等中共领导人亲赴停机坪，迎接黄炎培诸公的来访。黄炎培不虚此行，他看到了真正的延安：

延安没有一寸荒地。延安没有一人闲荡。延安有大学，包括医科大学，自然科学院，文学院。延安有医院，乡下也有医疗队巡回各乡。延安街头没有标语，只有挂着的黑板上在介绍卫生知识。但延安街头有意见箱，每个延安人都可以投书，上书建议直达毛泽东主席。

延安朝气蓬勃，同蒋介石的重庆形成鲜明的对照。

转了一圈，黄炎培已经坚信，一旦内战烽起，最后的胜利者一定是毛泽东。然而他深知"打江山易，坐江山难"的道理。快离开延安时，黄炎培与毛泽东作了一次历史性谈话。那天毛泽东问黄炎培有何感想？

黄炎培说："我生60多年，耳闻的不说，所亲眼见到的真可谓'其兴也勃焉'，'其亡也忽焉'，一人，一家，一团体，一地方，乃至一国，不少都没有跳出这个周期率的支配力。大凡初时聚精会神，没有一事不用心，没有一人不卖力，也许那时艰难困苦，只有从万死中觅取一生。既而环境渐渐好转了，神情也渐渐放下了。有的因为历史长久，自然地惰性发作，由少数演为多数，到风气养成，虽有大力，无法扭转，并且无法弥补。也有因为区域一步步地扩大了，它的扩大，有的出于自然发展，有的为功业欲所驱使,强求发展,到干部人才渐渐见竭蹶,艰于应付的时候,环境倒越加复杂起来了,控制力不免趋于薄弱了。一部历史,'政息宦成'的也有,'人亡政息'的也有,'求荣取辱'的也有。总之没有能跳出这周期率。中共诸君从过去到现在,我略略的了解的了,就是希望找出一条新路,跳出这条周期率的支配。"

毛泽东略一思考,坚定地回答:"任之先生(黄炎培字任之),我们已找到了新路,我们能跳出这周期率。这条新路就是民主。只有让人民起来监督政府,政府才不敢松懈。只有人人起来负责,才不会人亡政息。"

此行成为黄炎培一生的转折,对毛泽东由不识到敬佩,由中立到亲密合作,从此跟定共产党,影响到当时国民党统治区的中间力量即民主势力,各民主党派、社会贤达逐步由"不左倾,不右袒"向中间偏左,到逐步向左转,直至 1948 年 5 月 1 日完全一边倒向拥护共产党。

三、 进京赶考,绝不当李自成

西柏坡——这是位于太行山东麓的一座小山村,背靠柏树岭,前面是滹沱河,西望天柱山,东面是华北大平原,村子东头有十几栋和当地农屋一样的土平房,从这里的窗户里,夜夜透射出不眠的灯光。这里便是中共中央和中央军委总部办公地,中国革命最后一个农村指挥所。

1949 年 3 月 23 日,中共中央和军委总部机关将从西柏坡这个小山村出发迁往北平。

就要走了,就要离开这土屋,离开这小院了。毛泽东环顾这熟悉的一切,心中充满了眷恋。

这时,正在招呼登车的周恩来迎了过来:"主席,昨晚你睡得很晚,休息好了吗?""休息好了。今天是进京的日子,不睡觉也高兴啊!"毛泽东笑了笑,转而提高了语调:"进京'赶考'去,精神不好怎么行啊!"周恩来说:"我们应当都能考试及格,不要退回来。""退回来就失败了。我们决不当李自成!"毛泽东一脚踏上车板,用力挥了一下手臂,斩钉截铁地说。

毛泽东回头看了看卫士们,接着语调深沉地说道:"你们读过郭沫若先生的《甲申三百年祭》吗? 300 多年以前,也是在这条路上,陕北米脂有个叫李自成的农民,统率起义军杀进北京。但是,一个流血流汗打下的政权居然没有几天便糟蹋垮了。所谓'打江山十八年,坐江山十八天',他们又退回来了……"

按照中国农历干支纪年法,60 年为一甲子,一甲子就是一轮回,1944 年正是一个甲子年。那年,正是抗日战争出现胜利曙光的重大转折时期。这年的 3 月 19 日,著名作家、历史学家郭沫若在《新华日报》发表了题为《甲申三百年祭》的警世之作。

《甲申三百年祭》揭露了明末尖锐的阶级矛盾和民族矛盾，朝廷腐败，天灾人祸，民不聊生，官逼民反，隶属于延安府辖区的李自成、张献忠发动和领导农民起义，并在李岩的帮助下，使农民起义走上了正轨，节节胜利，势如破竹，直打到北京城，推翻了明朝最专制的皇权统治。

然而进了北京以后，李自成便进了宫。丞相牛金星所忙的是筹备登基大典，招揽门生，开科选举。将军刘宗敏所忙的是"拷挟降官，搜刮赃款，严刑杀人。纷纷然，昏昏然，大家都像以为天下就已经太平无事了的一样"。近在肘腋的关外大敌，他们似乎全不在意。山海关只派了几千士兵镇守，而几十万的士兵都屯集在京城里享乐。乃至清军入关，一败再败，终于在湖北通山九宫山战死，时年39岁。"这无论怎样说都是一场大悲剧。李自成自然是悲剧的主人。"

以史为镜，可知兴替。熟谙历史的毛泽东对古往今来、兴衰成败的历史经验教训，特别是对李自成取得政权后，居功自傲，贪图安逸，结果导致失败的历史教训格外重视。早在延安整风期间，他便将郭沫若论李自成的史学论著《甲申三百年祭》作为整风学习的重要文件，并一再告诫全党引以为戒，警钟长鸣，避免重蹈覆辙。

1944 年 4 月 12 日，毛泽东在作《学习与时局》报告时指出："近日我们印发了郭沫若论李自成的文章，也是叫同志们引以为戒，不要重犯胜利时骄傲的错误。"

1944 年 11 月 21 日，毛泽东在给郭沫若的复信中说："你的《甲申三百年祭》，我们把它当作整风文件看待，小胜即骄傲，大胜更骄傲，一次又一次吃亏。如何避免此种毛病，实在值得注意。"

在从西柏坡向北京进发的途中，毛泽东眺望窗外，村庄、树木"嗖嗖"向后闪去，他脸上洋溢着兴奋的神情。他忽而转过脸来，望着身边的卫士，打开了"话匣子"："进北平以后干什么，你们想过没有？有没有进城享福的思想？"

"这些年，天天行军、打仗，吃尽了苦。进了城，生活当然会好啦，大概不会吃小米饭了吧？"

"啊哟，可不要轻视小米饭喽！中国革命就是靠小米加步枪起家的。进城以后，人民政权刚刚建立，肯定还会遇到很多困难，还要准备过艰苦的生活。"说到这里，毛泽东随手指了指太阳穴说："这里要当心哟，不要中了资产阶级的糖衣炮弹。"

如今，中国共产党迎来了 90 岁生日，新中国成立也已有 60

多年。虽然经过了一些反复和曲折,但是我们终究挺过来了,而且还做得比较好。经济发展了,国库充实了,外汇储备丰富,人均收入增加,人民生活水平提高了;科技突飞猛进,不仅有原子弹、氢弹、人造地球卫星,还实现了中国人几千年来的梦想——奔月梦……在 60 多年来的"赶考"中,中国共产党始终把"进京赶考"视为一种教诲,是一种嘱咐,是一种叮咛,更是一种要求,所有的党员干部都应将其作为座右铭,时刻鞭策和教育自己。始终坚持全心全意为人民服务的宗旨,审时度势,及时把握住了发展机遇,一心一意谋发展,聚精会神搞建设,并从中找到了一条适合中国发展的道路,大大促进了经济社会又好又快的发展,促进了祖国的统一,考出了好成绩。

第九章　中国人民从此站起来了——开国大典

中国共产党领导中国人民,经过长期艰苦而卓绝的斗争,终于赢得了中华民族的独立,中国人民的当家作主。1949年10月1日,在北京天安门广场进行盛大的开国大典,毛泽东亲

人民解放军占领南京总统府

手按动电钮,第一面五星红旗在广场上冉冉升起。与此同时,代表参加中国人民政治协商会议第一届全体会议的共 54 个单位的 54 门礼炮齐鸣 28 响,如报春惊雷回荡在天地间,它标志着中国共产党领导中国人民英勇奋斗 28 年,终于取得了中国新民主主义革命的最后胜利。毛泽东面对全中国、全世界庄严宣告中华人民共和国诞生了,宣告"中国人民从此站起来了"!

中华人民共和国的成立开辟了中国历史新纪元。从此,中国结束了 100 多年来被侵略、被奴役的屈辱历史,真正成为独立自主的国家;中国人民从此站起来了,成为国家的主人。新中国的诞生和之后社会主义制度在中国的确立,是 20 世纪中国人民在前进道路上所经历的第二次历史性的巨大变化。

一、筹建新中国

在中国革命战争迅速取得胜利的形势下,召集新政治协商会议和成立民主联合政府的一切条件都已经成熟。中国共产党为召开新的政治协商会议积极进行组织和筹备工作。

早在 1947 年 10 月,当人民解放军全面转入战略进攻后不久,毛泽东便在《中国人民解放军宣言》中提出:"联合工农兵学商各被压迫阶级、各人民团体、各民主党派、各少数民族、各地华侨和其他爱国分子,组成民族统一战线,打倒蒋介石独裁政府,成立民主联合政府。"

1948 年 4 月 30 日,经毛泽东审定的中共中央在《纪念五一劳动节口号》中响亮地提出"为着打倒蒋介石建立新中国而共同奋斗,号召全国各民主党派、各人民团体、各社会贤达,迅速召开政治协商会议,讨论并实现召集人民代表大会,成立民主联合政府"的号召。5 月 1 日,毛泽东致信中国国民党革命委员会主席李济深和中国民主同盟中央常务委员(在香港主持盟务)沈钧儒,提议由中共中央、民革中央、民盟中央发表联合声明倡议召开政治协商会议,"成立民主联合政府","拟订民主联合政府的施政纲领"。中共中央的号召,得到中国国民党革命委员会、中国民主同盟、中国民主促进会、中国致公党、中国农工民主党、中国人民救国会、中国国民党民主促进会、三民主义同志联合会、九三学社、台湾民主自治同盟等和海外华侨的热烈响应。1948 年秋,在周恩来主持下,将沈钧儒、郭沫若、李济深、黄炎培等 50 余人分批接到东北。毛泽东还于 1949 年 1 月分别写信给海外爱国华侨领袖陈嘉庚、司徒美堂,以及居住在上海的中国共产党的密友宋庆龄,邀请他们回国或北上,讨论建国事宜。

但是,中国共产党联合民主党派和无党派民主人士筹建新中国,受到国民党反动派的阴险破坏。1948年7月,冯玉祥应中共中央邀请参加中国人民政治协商会议筹备工作,在苏联驻美大使潘友新的帮助下,自美国乘"胜利"轮回国,途经黑海在向敖德萨港(今属乌克兰)行进途中,因轮船失火,于9月1日与女儿冯晓达一起遇难。

据冯玉祥之女冯理达回忆:"我父亲早就有预感,有人要谋杀他,所以生前就留下遗嘱。父亲说,他死后最好焚成灰,扔进太平洋。假如国内民主和平,联合政府真能成立,还可将骨灰深埋六尺培土种树,不要把他这'肥料'白白浪费了;将来树木长成,好给学校做桌椅。"冯玉祥的不幸遇难至今仍然是个谜,一种说法是回倒电影胶片起火而引起的意外事故,但回倒电影胶片起火肯定是小范围的,应该能控制。但这次船上的电报、无线电、医务室和驾驶舱事先都遭到了破坏。当时美国和苏联都认为这是一次有预谋的政治谋杀,双方都指责是对方所为,但真正的凶手是谁,也许永远无法知道。

鉴于国民党反动派的破坏,周恩来指示应分期分批安排原在国民党统治区的各民主党派、爱国民主人士和海外华侨代表,陆续进入东北和华北解放区。在北平解放前夕,毛泽东和周恩来又致函在上海的宋庆龄:"新的政治协商会议将在华北召开,中国人民革命历经艰辛,中山先生遗志迄今始告实现。至祈先生命驾北来,参加此一人民历史伟大的事业,并对于如何建设新中国予以指导。"北平解放后,已到解放区的各民主党派及爱国民主人士汇合到北平。

1949 年 6 月 15 日至 19 日,新政协筹备会在北平召开第一次全体会议,选出毛泽东、朱德、李济深等 21 人组成筹备会常务委员会。在新中国即将成立的时候,为了阐明人民共和国的性质、这个国家中各个阶级的地位和相互关系、国家的前途等根本问题,1949 年 6 月 30 日,毛泽东发表了《论人民民主专政》这篇重要文章。他在文章中说:

人民是什么? 在中国,在现阶段,是工人阶级,农民阶级,城市小资产阶级和民族资产阶级。这些阶级在工人阶级和共产党的领导之下,团结起来,组成自己的国家,选举自己的政府,向着帝国主义的走狗即地主阶级和官僚资产阶级以及代表这些阶级的国民党反动派及其帮凶们实行专政,实行独裁,压迫这些人,只许他们规规矩矩,不许他们乱说乱动。如要乱说乱动,立即取缔,予以制裁。对于人民内部,则实行民主制度,人民有言论、集会、结社等项的自由权。选举权,只给人民,不给反动派。这两方面,对人民内部的民主方面和对反动派的专

1949 年 9 月 19 日,毛泽东与民主人士游天坛

政方面,互相结合起来,就是人民民主专政。

毛泽东关于人民民主专政的理论,是对马克思列宁主义国家学说的丰富和发展。它为新中国的建立奠定了理论和政策基础。

1949 年 9 月 21 日至 30 日,中国人民政治协商会议第一届全体会议在北平召开。会议讨论通过了《中国人民政治协商会议共同纲领》、《中华人民共和国中央人民政府组织法》、《中国人民政治协商会议组织法》。会议决定:中华人民共和国定都于北平,并将北平改为北京;采用公元纪年;以《义勇军进行曲》为国歌,五星红旗为国旗。会议选举毛泽东为中央人民政府主席,朱德、刘少奇、宋庆龄、李济深、张澜、高岗为副主席,周恩来等 56 人为委员,组成中央人民政府委员会。同时,还选举产生以毛泽东为主席的 180 人的中国人民政治协商会议第一届全国委员会。

中国人民政治协商会议

二、 定都北京

　　随着解放战争胜利进程的加快,定都何处,成了中共领导人在建国过程中的一件亟须解决的大事。

　　中国历代统治者都高度重视国都的选址,往往把国都地址选得好坏作为国运兴衰的一个重要因素。翻开中国历史不难发现,历代统治者都在选址上下了极大的工夫。

　　1948 年 9 月 8 日,中共中央在西柏坡村召开了"九月会议"。这次会议上,毛泽东根据中国革命的进程,提出了大约用

5年左右的时间（从 1946 年 7 月算起），从根本上推翻国民党政府的设想。对彻底推翻国民党政府后，中共要建立一个什么样的国家政权，毛泽东在会上作了明确阐述："我们要建立的，是无产阶级领导的以工农联盟为基础的人民民主专政。这个政权不仅仅是工农，还包括小资产阶级，包括民主党派，包括从蒋介石那里分裂出来的资产阶级分子。政权制度采用民主集中制，即人民代表会议制，而不采用资产阶级的议会制，各级政府都要加上'人民'二字，各种政权也要加上'人民'二字，如法院叫人民法院，解放军叫人民解放军，以示与蒋介石政权的根本对立。"

北平成为毛泽东和中共中央的首要考虑。北平雄踞于广阔的华北大平原北端，人们形容北平雄伟的地理形势为"北依山险"，"南控江淮"，"右拥太行"，"左环沧海"。而且北平厚重的历史内涵，高度浓缩的中华古代文明和现代文明，无与伦比的政治瞩目和中国各族人民的神往，都符合新中国国都的要求。

拥有如此优势的北平，当然是国都的理想地址。

在七届二中全会期间，毛泽东同当时负责 1 兵团在山西作战的徐向前进行过谈话，谈话中透露出毛泽东和平解放北平与定都北平的心愿。

毛泽东对徐向前讲："如果阎锡山同意和平解放太原，那么，请他把军队开到汾孝一带，我们的部队开进太原，麻烦就少了。"

徐向前答道："恐怕不太容易。我们曾采取多种方式争取和平解放太原，还动员阎锡山的老师带了以我的名义写给他的信，进太原找老阎。结果他不但不听劝，反而不顾师生情谊，把那位年近八旬的老秀才给杀了，可见他顽固得很。"

毛泽东听后缓缓点了点头，若有所思地说："看来太原不打是不行了，最好北平不要打。""北平不要打，目的是完整保存北平，以做未来人民共和国的国都。"

1949年3月25日，毛泽东进北平城，由涿县乘火车到北平清华园车站。火车经过北平城墙时，毛泽东看了看窗外萧条的景象，对身边的同志说："你们来过北平吗？我来过，整整30年了！那时，为了寻求救国救民的真理，我到处奔波，在路上连裤子都被人偷走了，吃了不少苦，现在30年后还旧国，真是'玄都观里桃千树，尽是刘郎去后栽'，翻天覆地，翻天覆地哟！"

定都北平，毛泽东是经过深思熟虑的。毛泽东明确地讲过："蒋介石的国都在南京，他的基础是江浙资本家。我们要把

毛泽东等在北平西苑机场检阅部队

国都建在北平，我们也要在北平找到我们的基础，这就是工人阶级和广大的劳动群众。"

北平的革命传统给中国历史带来了天翻地覆的变化。这里出现过戊戌变法，曾在黑漆漆的封建旧制度的天空中划过一道亮光。这里发生过影响深远的新文化运动。1919年在天安门前爆发的五四运动，掀开了中国新民主主义革命的新篇章。新民主主义革命取得了胜利，人民和人民领袖自然忘不了革命的发祥地。北平在中国革命进程中所起的先导作用，是以毛泽东为首的中共领导人考虑定都的现实背景。

为了实现北平和平解放，毛泽东指示要动员一切力量，积极做好北平守军长官傅作义将军及上层军官的统战工作。在中共强大的军事、政治攻势下，傅作义于1949年1月30日宣布接受和平改编，北平和平解放，古老的北平得以完整保存。北平所有名胜古迹都受到了保护，没有遭到任何损失，城市里的生产和生活一切正常。这是中共中央和毛泽东决定定都北平的一个重要原因。

在北平成立中央政府也是当时许多民主人士共同的想法。新中国第一任北京市市长叶剑英在七届二中全会期间向毛泽东汇报了北平和平解放的情形。说到北平和平解放后，很多民主人士来信来电给中共中央，表示他们坚决拥护共产党，要与共产党更好地合作，并希望共产党在北平成立全国性政府。

定都北平还有一个十分重要的原因，那就是从国际安全和国际政治格局出发作出的一个必要的选择。

1949年初，东北局城市工作部部长王稼祥在抵达西柏坡的当日，就与夫人朱仲丽一起去看望毛泽东。毛泽东问："我想听听你的意见，我们的政府定都何处？历朝皇帝把京城不是定在西安就是开封,还有石头城南京或北平。我们的首都定在哪里最为合适呢?"

王稼祥作了片刻的思考,然后回答说:"能否定在北平?"

他分析说:"北平,我认为,离社会主义苏联和蒙古人民共和国近些,国界长但无战争之忧。而南京虽虎踞龙盘,地理险要,但离港、澳、台近些,西安又似乎偏西了一点。所以,我认为北平是最合适的地方。"

"有道理,有道理。"毛泽东一边笑着,一边不住地点头。王稼祥的看法与毛泽东以及其他中共领导人的看法是完全相同的。这种一致正是建立在当时国际政治格局和国家安全战略上的。薄一波曾说过:"我们党要取得革命胜利,主要靠的是自力更生,也离不开国际的援助,首先是苏联为首的社会主义阵营的援助。"定都北平正好可以更为方便、直接地得到社会主义阵营的援助。实际上,"一边倒"的外交格局和接受苏联的帮助,是中国共产党建国前后的一个基本方针。

七届二中全会上提出正式决定定都北平。毛泽东提出:"我们希望四月或五月占领南京,然后在北平召集政治协商会议,成立联合政府,并定都北平。"

中国人民政治协商会议第一届全体会议决定:中华人民共

和国定都于北平,将北平改为北京。

三、 天安门上红旗飘

　　天安门屹立在北京的中心。当明代的朱棣皇帝决定把国都从南京迁往北京的时候,在修建北京城的同时,也修建了自己的皇宫。为了显示皇权的至高无上和安全起见,他在自己的金銮殿的外面建起了一道城墙,建造了紫禁城,把自己严严实实地保护起来。天安门就是紫禁城的正门。始建于明永乐十五年(1417年),最初名叫"承天门",寓"承天启运"、"受命于天"之意。当年承天门远没有如今天安门这么壮丽,而只是一座三层楼式的木牌楼,牌楼正中悬挂"承天之门"匾额。此楼于1451年毁于大火,1465年予以重建,明末时又毁于兵火,直到清顺治八年(1651年)重修,才大体成为今天的样式,并改名为"天安门"。

　　清代末年,由于中国封建统治者的腐败和外国殖民主义者的侵入,天安门也遭到了蹂躏。1900年,八国联军攻入北京,洗劫并炮轰天安门。此后,天安门城楼上长满蒿草,荒凉破败下来。

　　1949年10月1日,天安门终于获得了新生。这天天气晴朗,古老的北京披上了节日的盛装,对中国人民和中华民族来说,这是一个不同凡响的日子。参加开国大典的 30 万群众从四面八方涌到天安门广场。由 1 100 多人组成的开国大典军乐团威严地站立在天安门前,手中的各种乐器擦得闪闪发亮,在阳光下熠熠生辉,等待着激动人心的时刻。恢宏的天安门城楼两边的红墙上横挂着巨幅标语,东边是"中央人民政府万岁",西边是"中华人民共和国万岁"。

下午 3 时整,毛泽东等党和国家领导人准时出现在天安门城楼上,在热烈的掌声和欢呼声中,林伯渠庄严宣布:"请毛主席升国旗!"

军乐队奏起震荡人心的国歌——《义勇军进行曲》:"起来,不愿做奴隶的人们,把我们的血肉筑成我们新的长城……"激越的乐曲在天安门上空、在北京的上空回荡着……国歌声中,毛泽东按动电钮,五星红旗第一次在天安门广场冉冉升起时,广场上 30 万人一齐脱帽肃立,抬头瞻仰五星红旗。

毛泽东主席宣读了中华人民共和国中央人民政府公告,并庄严宣布:"中华人民共和国中央人民政府近日成立了!"

这时,大地震动,54 尊礼炮(开国大典上,礼炮队由 108 尊山炮组成,分为两组,一组装填,一组发射,轮流作业,以缩短每响之间的间隔时间。所以,人们习惯上仍称 54 尊礼炮)一字形

《开国大典》(作者:董希文)

摆开,背倚天安门广场,靠在一截古墙边,位置在前门附近。2分半钟之内,28响无头空炮全部送入空中。礼炮声如同报春的惊雷,在天宇间回响激荡,震动着每一个人的心,把开国大典上伟大、庄严、团结的气氛进一步推向了高潮。

按照国际惯例,多数国家在举行庆典活动时,一般都鸣礼炮21响,这是最高的礼仪。开国大典为何要鸣28响呢?

原来,54尊礼炮表示当时统计的我国有54个民族,28响礼炮表示中国共产党从1921年成立起,领导全国人民,经历了28年的奋斗,才使国家独立,人民翻身当家作主,才迎来了1949年10月1日下午的开国大典。从此我们的祖国不断繁荣兴旺,人民过上幸福的生活。

这是毛泽东首先提出来的。在政协一届会议上,一位代表提出质疑:"在国外,最高礼仪是 21 响,我们为什么要鸣 28 响呢?"当时没有人回应。

会议休息时,毛泽东见到负责开国大典筹备工作的华北军区作训处处长唐永健,话题很快进入开国大典的礼炮鸣放问题,毛泽东问小唐:"你说,放 28 响有没有道理呢?"

唐永健是个文采横溢、学识渊博的才子,他一下就明白了毛泽东的用意,马上说:"主席,我起草一个关于礼炮 28 响的说明吧。"

毛泽东微笑着默允了。很快,简明扼要的 28 响说明报告递上来了,中国共产党从 1921 年横空出世到 1949 年,刚好 28 年。28 响礼炮就是对 28 年党史的礼赞,这不是极有道理吗?毛泽东看到这份报告后,在上面用铅笔签上了自己的名字。

下午 4 时整,阅兵式开始。阅兵总指挥、华北军区司令员兼京津卫戍区司令聂荣臻乘先导车,率领受阅部队通过天安门检阅台,接受党和国家领导人检阅。参加受阅的部队有:步兵第 199 师、炮兵第 4 师、陆军第 1 师、骑兵第 3 师、华北军区陆军第 7 团、步兵第 619 团以及海军部队代表和空军第 1 飞行中队等。年轻的人民空军受阅战机编队出现在天安门上空时,掀起了阅兵式一个新的高潮。参加受阅的飞机有 17 架，其中 9 架是 P-51 型战斗机，2 架是蚊式战斗机，3 架是 C-46 型运输机，1 架是 L-5 型通讯联络机，最后 2 架是 PT-19 型初级教练机。17 架飞机要形成一个纵队跟进队形通过天安门上空，与地面的坦克队列相呼应。

17 架飞机 5 种机型，飞行速度相差很大。两种战斗机的时速是 600 公里，L-5 型通讯联络机和 PT-19 型初级教练机的时速不足 200 公里。但上级要求，通过天安门时必须队列整齐、分秒不差，确实很有难度。

经过反复摸索和精确计算，飞行队决定起飞的顺序按照先小后大，先慢后快，同时还专门选择了 3 个不同的航线进入点：战斗机速度最快，从通县进入；运输机为中速，从建国门和通县之间进入；其余飞机从建国门东侧进入。尽管难度很大，但经过多次合练后，可以保证开国大典时万无一失。

9 架领航的战斗机飞过天安门后，按照原来预定复飞一次的方案，第二次飞越天安门上空。从时间上看，再次通过天安门时，正好尾随方槐领队的 L-5 型和 PT-19 型飞机之后，配合得恰到好处。后来，好多人以为开国大典受阅的飞机是 26 架，其实后面 9 架是重复飞行的。

很多在场的外国记者见状,惊叹中共空军一夜之间竟有如此实力,真是奇迹!

1949 年 10 月 1 日,新中国诞生了!

中国人民从此站起来了!

后　记

在"十二五"开局之际，"上海市社会科学普及读物系列"正式出版了，这是本市社会科学普及工作的一次全新探索。

党的十七届五中全会提出，文化是一个民族的精神和灵魂，是国家发展和民族振兴的强大力量，必须坚持社会主义先进文化前进方向，弘扬中华文化，建设和谐文化，发展文化事业和文化产业，满足人民群众不断增长的精神文化需求，充分发挥文化引导社会、教育人民、推动发展的功能，建设中华民族共有精神家园，增强民族凝聚力和创造力。哲学社会科学是人们认识世界、改造世界的重要工具，是推动历史发展和社会进步的重要力量。加强哲学社会科学知识的宣传和普及，需要有为社会公众所喜闻乐见的通俗读物。优秀的哲学社会科学普及读物其社会价值是不可低估的。

2010 年 9 月，上海市社会科学界联合会设立了"上海市社会科学普及读物出版资助项目"，通过自主申报、专家评议、择优资助的方式,每年向社会公开征集哲学社会科学普及读物。要求选题贴近实际、贴近生活、贴近群众,体现科学性和知识性,文字清新、风格活泼。

目前,这项工作还处于起步阶段,不足之处在所难免,恳请广大读者提出宝贵意见。我们将坚持不懈地抓好这项工作,动员和组织更多的社会科学工作者投身于哲学社会科学普及读物的创作和编写,力争多出成果、出好成果,为提高全民科学素质做实事、做好事。

最后,衷心感谢上海人民出版社同志为本书出版所付出的辛勤劳动!

上海市社会科学界联合会

2011 年 6 月

图书在版编目(CIP)数据

红色的故事:1921~1949/李朝军著.—上海:
上海人民出版社,2011
(上海市社会科学普及读物系列)
ISBN 978 - 7 - 208 - 10033 - 6

Ⅰ. ①红… Ⅱ. ①李… Ⅲ. ①中国共产党-党史-
1921~1949-通俗读物 Ⅳ. ①D23 - 49

中国版本图书馆 CIP 数据核字(2011)第 108717 号

责任编辑 黄玉婷
封面装帧 陈 楠

上海市社会科学普及读物系列
红色的故事
(1921—1949)
李朝军 著
世纪出版集团
上海人民出版社出版
(200001 上海福建中路 193 号 www.ewen.cc)
世纪出版集团发行中心发行
上海华业装璜印刷厂有限公司印刷
开本 890×1240 1/32 印张 5.75 插页 4 字数 87,000
2011 年 6 月第 1 版 2011 年 6 月第 1 次印刷
ISBN 978 - 7 - 208 - 10033 - 6/D·1901
定价 22.00 元